名家小写文集

李兆庆

溜河风

北京联合出版公司
Beijing United Publishing Co.,Ltd.

图书在版编目（CIP）数据

溜河风 / 李兆庆著 . -- 北京：北京联合出版公司，
2024.8. -- (名家小写文集). -- ISBN 978-7-5596
-7916-1

Ⅰ . I267

中国国家版本馆 CIP 数据核字第 20246GL206 号

溜河风

作　　者：李兆庆

主　　编：张海君

出 品 人：赵红仕

出版监制：张晓冬

责任编辑：徐　鹏

特约编辑：和庚方　张　颖

封面设计：立丰天

北京联合出版公司出版

（北京市西城区德外大街 83 号楼 9 层　100088）

三河市同力彩印有限公司印刷　新华书店经销

字数 260 千字　710 毫米 ×1000 毫米　1/16　13 印张

2024 年 8 月第 1 版　2024 年 8 月第 1 次印刷

ISBN 978-7-5596-7916-1

定价：65.00 元

序 言

文/王 舒

假如，我们以考察地理的方式来窥探中国文学史，不难发现河南是中国文学的重镇之重。以诗歌创作与获誉最为火爆的唐代为例，其著名诗人有一半是河南人；其势延之现当代，河南籍作家更是名流如日中天，新人层出不穷，群星璀璨。这其中，就有着实力雄厚、沉静不显的李兆庆。

兆庆是河南台前人。据相关资料得知，台前县属于河南省濮阳市。黄河、大运河在这里交汇，临黄大堤把全县分为黄河滩区和北金堤滞洪区两部分，其中三分之一的人口和耕地在黄河滩区，三分之二在滞洪区，是独特的黄河文化形成地之一。我时常想，兆庆应该算是一个地道的黄河水哺育的人。

故乡情结是每个人萦绕于心、挥之不去的内在情感。兆庆虽已走出自己成长的那片滩区，进入京城恣肆才华，且取得了不俗的成就。但他的这本《溜河风》所呈现的，依旧是他内心最深厚、最隐秘、最真挚的黄河记忆。与以往记叙中历历所现的黄河之水浊浪滔天、气势磅礴的景象不同，他的写作写尽了这条中华民族母亲河的沉默、幽谧、厚重与朴实。《溜河风》像一首来自远古的牧歌，悠长而深远，忧郁且率真，诉说着黄河滩区大地百姓们的辛劳与挣扎、奋斗与谦卑。色彩是浓郁的，感情是真挚的，生活的点点滴滴在黄河落日的映照下，呈现出色彩斑斓、印记斑驳的影像，这是中原大地的本色。我们知道，正是这些看来无可珍贵、貌似普通寻常的生命点滴，融入黄河之水，孕育出一泻千里、奔流向海的中华之脉。

"黄河之水天上来。"黄河，源自青藏高原的崇山峻岭，一路流经青海、山西、陕西、河南及山东等九个省区。河南位居中原腹地的中枢，是中华文明当之无愧的发祥地。故乡台前这片黄河之滨、鲁豫交汇的土地，在兆庆的笔下，有着中华民族最本真的颜色。它像黄河上游陕北土塬风行的风情画，尽用赤红重彩予以表现，着色参差突兀而交接多变，蔚蓝的天空、洁白的云朵、明黄的河水、碧绿的原野囊括文中，把一个小小村落刻画得玲珑剔透、尽善尽美。黄河滩区多罹灾难，此地的生民物质是贫瘠的，生活是艰苦的。兆庆文中提及家居的变迁、洪涝的泛滥、农作的不易，乃至有谁又能想到，他故乡的乡亲们要在洪水中冒着生命的危险捞取河柴以备日常炊火之用？兆庆告诉我们，这就是生活，真实而又真挚的生活。在多灾多难的生态下，温情从未缺席，这里有着长辈对孩辈们难以言说的舐犊深情，有着远行游子对故土不能割舍的浓浓眷恋，有着代代传承的生活方式和奔流不息的生命源泉。明与暗，红衬绿，黄映蓝，又好似一幅欧式风格的油彩，他用繁缛、细致的笔触描绘着自己熟知的方方面面，事无巨细，造微入妙，把生活的图谱层层迭现开来。这是他娴熟的文字技艺的完美呈献，也是他真情实感的坦荡抒发。

在大开大合的铺张下，是对真挚情感若有若无、似浅还深的倾诉。这种情感不是迸发的，不是灌输的，它通过细部与微处的表述，如汩汩流水缓慢流溢，弥漫、充斥到文章的每一部分。他的一篇文章就是一个乡村生活侧面的呈现：他写滩头的日落与日出，写沉封千里的黄河浮冰，写寒入骨髓的河风在耳畔呼啸，写攸关村庄的表征与意象,写四季流里故乡的浮动与静美;他讲述自己血脉关联的祖辈、父辈,他们的缄默与苦痛,他们的悲伤与欢欣,他们的生存与死亡。它们又是互动的、衔接的,共同将单个人所能体悟的乡土之情挥洒得淋漓尽致。对故土与祖籍的留恋是中国人情感中最为根基的部分,兆庆作品中的叙与抒,宛似来自远古的一种回响,它的音节互不雷同、各称其是,融会在一起,奏鸣出流畅间有回味、明理中有凄婉的曲调。大象稀形,大音稀声,无须言语的直述,他浓艳涂抹下的美景、事物透露着欲说还休、如泣如诉的深沉大爱。这种爱来自古老相传的文化血缘,来自对所属大地的爱恋与虔敬,来自面对大河雄景与父老乡亲的谦卑与悲悯。

每个人都不可避免地烙印着自我成长环境的印迹。兆庆出身于黄河滩区,"大江在河,一泻千里",他的笔触带有黄河之水的恢宏与蜿蜒,从容起头,绵延千里,奔流不息。这源自他踏实、严谨的求知姿态与写作品格,不辍的学习与深厚的累积使他的创作与作品有着绚丽多姿、缤彩纷呈的鲜明特质。在他的笔端,各种自然风貌、历史渊源、人物风情、乡村民俗无不涉猎。他又是积极的,灵动的。他的文章惯于以描述起,以论述终,以点带面,由近到远,并不限于单个命题与事物的描写,他擅长旁征博引,由此及彼,尽其所能地把自己的视野拓展开来,将更为广阔的愿景纳入笔下。这是写作上的大手笔和大胸襟,也是一种超凡脱俗的创作潜质与天赋的无意泄漏。

作为相识多年的挚友,如果在褒扬肯定的同时,还负有建言之责的话,我希望他日后在行文时应在精词炼句与繁简抉择上稍作留意。他精长于大泼墨手法,浓郁的笔调与精微的细节描写是他之所长,但偶尔会流露出过于丰腴与油腻的嫌疑,如果有意识地控制或剔除文中那些属于自好而并非必要的成分,删繁就简,以他深邃的刻画与绚丽的描写功力,必能直抵佳境。

我曾跟身边人说，如果认可林贤治先生所言，刘亮程是 20 世纪中国最后一位乡土散文家的话，我有信心预言，李兆庆有望成为 21 世纪中国正在崛起的第一位以乡野视觉、乡土风味、乡村哲学见长的散文家。这是一种敬重，也是一种殷殷期待。我坚信，时间将会证明我的预言并非只是一厢情愿。

2012 年 7 月草拟

目　录

第一辑　黄河黄河 ································ 001

黄河开河 ······································ 002

黄河冰啸 ······································ 005

黄河落日 ······································ 010

黄河日出 ······································ 013

黄河滩 ·· 016

黄河滩的植物 ·································· 022

第二辑　溜河风 ································ 027

风一阵一阵地吹过 ······························ 028

风越来越大 ···································· 031

旋　风 ·· 033

风把人吹老 ···································· 035

北风撞门 ······································ 039

一阵风刮过村庄 ································ 042

望风而长 ······································ 045

风吹村庄 ······································ 048

第三辑　北李村 …………………………………………… 051

躺在麦田里的祖先 ………………………………………… 052

冬日阳光下的爷爷 ………………………………………… 056

老户人家 …………………………………………………… 061

父　亲 ……………………………………………………… 064

写给母亲 …………………………………………………… 068

村庄的草族 ………………………………………………… 072

未曾谋面的先人 …………………………………………… 074

村　庄 ……………………………………………………… 077

老去的村庄 ………………………………………………… 080

半堵残墙 …………………………………………………… 082

我会被遗忘 ………………………………………………… 085

北李村 ……………………………………………………… 087

故乡的异乡人 ……………………………………………… 091

我的梦 ……………………………………………………… 093

第四辑　四季意向 …………………………………………… 097

桃花汛 ……………………………………………………… 098

一年四季的风 ……………………………………………… 101

嗅到春天的气息 …………………………………………… 104

敬畏死亡 …………………………………………………… 106

一个院落荒掉需要多久 …………………………………… 109

暮色四合 …………………………………………………… 114

一　晃 ……………………………………………………… 116

歇下了 ……………………………………………………… 119

梦一样的清晨 ……………………………………………… 121

夜　晚 ……………………………………………………… 123

深秋后的一些事情 ………………………………………… 124

渐行渐远的冬天 …………………………………… 128

越冬的准备 ………………………………………… 131

雪　天 ……………………………………………… 135

冬天的一扇风门 …………………………………… 140

暖冬的雪 …………………………………………… 144

冬天来临前的准备 ………………………………… 147

月亮快圆了 ………………………………………… 151

第五辑　大地上的事情 ……………………………… 155

黄天厚土 …………………………………………… 156

田埂树 ……………………………………………… 160

柽　柳 ……………………………………………… 164

搬　仓 ……………………………………………… 167

一段夜路 …………………………………………… 172

一条两步宽的土路 ………………………………… 176

离村庄三里远的一块地 …………………………… 179

鸡 …………………………………………………… 182

赶　车 ……………………………………………… 184

一头幸福的猪 ……………………………………… 187

收割后的麦田 ……………………………………… 190

一棵炊烟树 ………………………………………… 193

歪歪树 ……………………………………………… 195

第一辑
黄河黄河

黄河开河
黄河冰啸
黄河落日
黄河日出
…………

黄河开河

　　某一天，确切来说是二月的一天，春节过年的气息已经完全消散了，喜庆和寒冬的气氛都在渐渐褪色，大地深处便升腾着一种温暖的气息。尽管挂历上已显示立春了，但奇冷的冬天还远远没有过去。窗外，还有冷风把瘦硬的枝条当作竖琴呜呜地吹响，此时，新年刚过，元宵未至，时不时有断断续续的鞭炮声盈盈入耳，如同给这冷清的空气里，增添些许温情和暖意。

　　今天气温回升，暖阳高照之后，明后天又是回环的低温，不知道真正的春天何时来临。在冬末的严寒和冷寂中，人们都会向往逝者海子那句生机盎然的诗句：面朝大海，春暖花开。尤其在这冬天寒光交织的索然寡味里，谁不渴望让澎湃的情绪在天地间风驰电掣，渴望让禁锢了整个冬天的心灵获得真正的洒脱和释放。让蛰伏的冬虫出来舒展一下筋骨吧，让储蓄了一冬的花朵儿尽情绽放吧。所以，在春天尚未真正来临时，我们特别期待春天的暖风丽日，桃红柳绿、花香鸟语，能成为心情的肆意挥写。

　　在北国臆想中的李白桃红中，在黄河岸畔溜河风搅动的暗香浮动中，我特别想念故乡黄河开河的绚丽。想去看黄河开河，不是件难事，只要掌握好时间就可以了。去早了，河冰还冻结在一起；去晚了，等浮冰融化了，也失去了开河的气势和力度。估摸着气温连续几日攀升后，你就准备去看黄河开河吧。翻过村前的黄河大堤，沿着柏油路步行半个小时，等看到河岸边的堤堰了，距离黄河边就不远了。这时，你能感觉到强劲的溜河风扑面而来，硬朗朗的，好像夹杂着砖头和石块等硬质的东西。连忙用胳膊把硬朗的溜河风阻挡开来，侧耳聆听的片刻，你会听到前方传来巨大的轰鸣声。瞬间由远及近，波涛声中夹杂着冰块，像雪崩飞滚，似排山倒海，咆哮着嘶叫着汹涌而来，不可一世地荡涤着一切。河道旁一棵碗口粗的柳树被经过的冰块像镰刀割草一般轻松划断，那力量蕴含着摧枯拉朽的气势和霸道。我当时看到这等景色，不由得想起当年读《老残游记》，书中第十二回"寒风冻塞黄河水"的黄河奇观，也不由得为黄河衍生出来的景观暗暗称奇。

开河也就是化冰。黄河开河分为"文开河"和"武开河"。"文开河"时，冰冻融化得较缓慢，冰凌密度小，开河平稳；"武开河"时，解冻来得很快，特别是气温猛升或水位暴涨，大块冰凌汹涌而下，这样就容易造成流凌。由于冰凌、流冰插塞，过流面积减少，可形成冰坝，随着水位不断提高，将会出现水鼓冰裂、冰凌漫堤的情形，形成凌灾，其危害程度远远超过洪灾。

等黄河开河时，冻结在一起的冰棱可以松弛浮动。松动的冰凌就成为黄河表面上的浮冰，顺流而下，一泻千里。这样，河面上就漂着许多大大小小的冰凌，它们大小不一，冰凌大的形如小舟，小的如车轮。在被河水冲刷的过程中，有的冰块与冰块撞击在了一起，后面的浮冰在河水的推动下，顺着前面的冰体向上攀爬，而后面的浮冰又往上叠加，层层叠叠，像是叠罗汉。观看的片刻，河心不时传来冰块和冰块撞击时，发出的"咔嚓咔嚓"声响。黄河南北两岸之间，冰块的撞击声震耳欲聋，相互拥挤、翻滚、罗叠、嘶咬着向东奔涌。这样，久而久之，就堆成了一座冰山，宛如小舟的帆，好像巨鲸在晾翅，也像在河面上竖起的屏障。那些巍峨高昂的冰体，在黄浊的河水中缓缓移动着。

河面上移动的浮冰，会对横跨在黄河两岸的浮桥具有颠覆性的破坏力。卑微的事物单看个体，它的力量是微乎其微的，但众多卑微的事物聚集到一起，它们爆发出来的力量是无穷的，也是不可想象的。有时在漂移的浮冰中间，有一艘赶时间的小船艰难地行走着，这时漂过一座硕大无朋的冰山挡住小船的去路，船夫甚至要跳到冰山上，将小船使劲撑开，在小船开走的那一瞬间，再赶紧从冰山上跳回小船。浮冰上的船夫则像特技演员根据变化莫测的冰流不停地变换着冰块。站在岸边的我，打心眼里为他们捏一把汗。

浮冰上托着一层日积月累的黄沙，与下面浊黄的河水混为一体，都成为沙土的颜色，一沉一浮地顺着黄河水俯冲下来。等西边的太阳慢慢地坠落，把玫瑰色的晚霞折射出的光焰温柔地倾洒在舒缓的河面上，投射在漂浮的冰凌上，不规则的冰凌再把闪闪烁烁的阳光反射到我的眼里，这时，展现在我眼前的是另外一幅美妙的景象：背负着浮冰的黄河宛如一条黄色的旧绸缎起伏着向东游弋延伸，从西方跋涉走来，向遥远的入海口走去。晚霞灿烂，漂浮着冰凌的河面沐浴在五彩缤纷的霞光里，在溜河风的抚慰下，河面呈现出不同的色彩和光影。一片深，一片浅，一片泛着粼光，一片沉寂着暗红，显得如此绚丽多彩、丰姿绰约。

今年春节期间，按惯例，我又去看望黄河了。这次很失望，不要说没看见黄河开河，河面上连一块冰凌都没有。不知道是河水浅，还是气温回升的原因。按说，当时的温度也达到零下十摄氏度了，足够达到结冰的条件了。以后，估计只能在记忆中感受黄河开河的震撼和壮观，在心与夜幕里享受黄河冬日的美丽，宛如淋浴着天堂里的雨，洗涤心头的淤泥和灰尘，赋予我一个崭新的灵魂。

黄河冰啸

　　每年春节回家，我都要翻过黄河大堤去看看黄河，就像拜会儿时的一位朋友。站在溜河风呼啸的河边，望着冰封千里的黄河，此刻，语言似乎是多余的，唯有用心去感受，默默地守候片刻，聆听黄河失语的涛音。这点上，母亲对我的行为很纳闷，一点也不解，我经常受到她痛惜的数落："一条河有什么好看的呢，大冷的天，冬天的河边风一吹多冷啊。"

　　熟悉的地方没有风景，是啊，一条河有什么好看的呢。如今黄河受上游水库的控制，一年四季都是平缓流动，像一位文静而质朴的黄河女儿，失去了以前巨浪拍岸浊浪排空的气势。再说，黄河从源头到入海口都是浑浊一片，一点儿也没有可爱之处。想来，我和黄河是有缘分的。在祖父小时候，李氏家族把家园从黄河南岸一个叫小路口的地方迁移到黄河北岸，由于黄河屡次泛滥，家园数次被毁，迫不得已，父亲小时候，家园又迁移到黄河大堤北边的北李村，也就是我生活过的村庄。几次的迁徙，家园从河南迁到河北，始终没有离开黄河左右。那个数千次跟随父母在黄河岸畔劳作的孩子长大了，走过不少路，也读了不少书。忽然某一日，他惊异于自己竟立在黄河边，细细思考它存在的理由和意义，并用深沉感喟的目光来审视它的历程，同时生发出一种怜悯的感慨：黄河啊，难道你千百年来拖着疲惫之躯幽怨等待的，竟是一个为你立传之人？

我家离黄河二三里路，或者说，黄河离我家二三里路。总之，距离很近，翻过黄河大堤，再步行一段土路，蜿蜒千里的黄河就在眼前了。冬天的黄河是寂寥落寞的，在其他三个季节，还未走到河边，呼啸而至的溜河风就把黄河的涛声送到我的耳畔。就像母亲呼唤游子的声音，慈爱中夹杂着热切，每逢听后，我鼻子总是涩涩的酸楚感。

生活日久的缘故，我熟悉黄河的脾性，如同熟悉我手心里杂乱而有序的纹路。夏秋涨潮，春冬落潮，二三月份开河，七八月份的渔汛，对黄河哪个季节发生什么故事，我都熟烂于胸。夏秋涨潮时，河心翻滚的浪涛高达二三米，涛声震天，景色壮丽，一朵朵白色的浪花犹如千军万马，排成一条线，呼啸着奔腾而来，背后还仿佛升腾起浓浓的沙尘。和黄河夏秋的涨潮相比，冬天黄河的冰啸又是另一番魅力，它是不动声色中绽放的一朵奇葩。

冰冻三尺非一日之寒，黄河冰封也需要一些时日来酝酿。当然，零摄氏度以下的气候也是黄河冰封先决性的因素。冰封前，浑浊的河面上已经流淌着零零星星的浮冰了。那些浮冰横七竖八地聚积在河边安静的河湾里，紧接着便冻结成一个整体，只在浮冰的空隙之间留下一块块大小不一的冰面。那些竖起的冰碴子，犬牙般直指冬天阴霾的苍穹。

冰冻从初冬开始，一直延续到十一月底，黄河两岸的冰冻足有几百米宽，二尺多厚，但涛声依旧的黄河仍然没有彻底封冻住。在河心那条二三百米宽的激流中，仍旧淌着密密麻麻的浮冰。顺流而下时，浮冰会相互挤压叠加摩擦碰撞着，发出一阵阵"稀里哗啦"干脆的响声。几块体积小的浮冰相互碰撞牵连，又会形成体积较大的浮冰，继续前进。在河心漂浮的千万丈白雪堆砌起来的冰凌，千万朵浪花在雪原上穿梭飞溅，浮冰犹如铁马方阵浩浩荡荡，从远处冲来，浪花如马蹄飞溅起来的黄沙，壮丽的冰河带着悲鸣驶来。这条坚冰汇流的冰河，携带着粉碎一切、破坏一切的汹涌气势。假如大块的浮冰贸然迎头撞上不结实的小渔船，很可能当场造成船毁人亡的悲剧。

当时序继续向冬天的腹部挺进，黄河摇身变成一条名副其实的冰河。说不定在哪天的深夜或者黎明时分，赶上一个气温骤降的冷天，黄河便会彻底封冻了，大河上下，顿失滔滔。那些一直在河面上流淌不息的浮冰，便会一块块地冻结在河面上，混然成一体，直到来年春暖花开，解冻开河时，才会再次流淌，逐渐消失在东向春天的河水里。

等几场大雪飘落下来，偌大的黄河滩一片素白。从黄河大堤上延伸下来的那条土路，也被厚厚的积雪所覆盖，仅剩下一条通向河面去遛网捕鸟的闲人踩出来的小路，从麦田中的雪地上蜿蜒穿过，消失在陡峭的河堤下沿。扎生在河滩的芦苇、柽柳、枯草几乎都被覆盖在厚厚的积雪下，只有岸上的钻天杨精神抖擞地挺立在雪国里。偶尔有几株枯黑的草梢探头探脑地露出雪面，还有瘦硬的杨树枝条，在强劲的溜河风中左右摇摆，压根没有停歇的机会。早晨的太阳刚刚升到南岸那片黢黑的白桦林顶上，掩映在白桦林后面小村庄的脊背隐约可见。南岸六座石砌的坝头一溜排开，像在严寒的冬季等候扬帆远征的军舰。

落满积雪的黄河，看不见惯常的滔滔河水，也藏匿了巨浪拍岸的声响。冬天的黄河是宁静而致远的，把目光从岸边投放到河心或黄河的对岸，冰面略带晶莹的褐黄，两岸褐黄的沙土向远方延伸，结了冰的黄河犹如一条银龙，托着蜿蜒起伏的身躯，静静地躺在冬日的阳光下。在我目力所及的范围内，巨大冰河向东西两方延绵起伏，在天边还隐约映射出微弱而均匀的白光，它长途跋涉的身躯还在沉睡中没有醒来。再把目光往上抬一点儿，直视西方，可以看到微微发红的光线下呈现一条黢黑的细线，那是跨越黄河的京九铁路黄河大桥。偶尔，有一阵强劲的溜河风吹过，面前一片漫卷的雪粒，生硬地打在脸颊上，迷蒙了双眼。站在耸立的岸畔俯瞰冰河的一切，在领略黄河冷峻凄美的同时，却感觉自己无比渺小。除了雪白就是雪白，除了我就是冰河，这里似乎没有国家的界线，它摆脱人种、语言，摆脱一切世俗的概念，目光所及全是大地和冰河的灵魂。

冰封数日后，河面上的冰层厚达二十或三十厘米，更甚者能达到半米左右。结实的冰体足以承载行人或车辆直接从此岸到达彼岸，或从彼岸到达此岸。冬天的冰河，就为南北两岸的人们搭建了一条天然的冰桥。沿着人迹在冰面上缓步而行的人们，无论大人还是孩子的兴致是高昂而亢奋的。因为这种感觉是前所未有的，今天竟然把黄河踩在脚下了。尽管冬天的黄河看似瘦弱，但被积雪覆盖的河面还宽达二三里。从河岸小心翼翼地走到河心，这种感觉便会油然而生。

看着黄河貌似平静的河面，分辨着掠过河面上的溜河风声，冰层下的流水声，胸腔里澎湃的心声。再抬头望望南北两岸，顿感自己的渺小，脚下仿佛不是冰，而是踏在黄河高耸的浪尖上，将是怎样一种惊心动魄的景象呢？估计和蹦极飞轮一样惊险刺激。尽管黄河冰封后很厚实，很平坦，但宽阔的河道并非一路坦途，不时有隆起的冰棱挡道；偶尔远处还会传来一两声冰裂的"咔嚓"声，令人提心吊胆，灵魂出窍。

当你正渐渐适应了在冰面上行走的快感时，迎着冰层上一阵强劲的溜河风，看着通体银白的黄河向东方蜿蜒而去，一直到目力所穷之处。这时，黄河的上游传来一种奇怪诡谲的声音，像夏日的闷雷滚过夜空，也像石磙滚过石拱桥，或像雷公放牧的天马踏过天庭。低沉的闷响声由远及近，由混沌到清晰，凭借耳朵的判断力，声源应该发生在几公里之外。当你正驻足倾听时，那种低闷的声音渐渐明朗起来，变成一种急促的啸声，像千万匹发怒的野马风驰电掣地从远处向你飞驰而来，突然刹住了脚步。

在黄河岸边有多年生活经验的人都知道，这不是水浪，而是冰浪。这是溜河风吹动了冰层，冰层在上下起伏时发出特有的声响。走到河心，你想在短时间内撤回南北两岸是万万不可能的，现在你能做的就是赶紧伏在冰面上。那种咆哮的啸声像一条见首不见尾的巨龙，又像草原上一万匹奔驰的骏马，带动着起伏的冰面，从你四肢贴服的身下迅速向下游奔去。这是冬季的黄河特有的另一种自然的杰作。当那种啸声从你脚下稍纵即逝时，你会感觉到脚下的冰层在河水的挤压下，像锦缎般抖动了几下，好似破裂一样。震撼！震撼！绝对是震撼！你会久久地沉浸在刚才的龙吟虎啸中，太美了，都不知道该怎么形容了。这是什么？应该叫冰啸，黄河冰啸！

其实，在河面的冰层上行走是非常危险的。再加上冰封了河面以后，中间的河道开始变窄，河水流速也加快。行人万一掉进冰窟窿里，旋即会被奔驰的河水冲走，连打捞的机会都不给留下，几乎没有生还的机会，最惨的行人一旦落水，连个全尸都找不到。

后来，我又了解到，黄河的浮冰实际上是很可怕的。冬春季节干流和支流都会出现冰冻现象，大面积的冰凌在河流中会堵塞河道，形成冰坝，冰坝壅水造成凌洪灾害，凌汛决堤而泛滥成灾，每年都要耗费巨资防汛。

近年来，不仅黄河中下游的冬天气温升高，而且河面也降到近乎断流的程度，气温稍低的时候，河面上只是零星地漂浮着几块浮冰，绝对达不到封河的程度了。那曾经在冬日阳光照耀下的冰体，像一面镜子，前面照亮了我的以前，背面模糊了我的过往。

黄河落日

　　在我的家乡，观看黄河落日并不是一件奢侈的事情，它每天都在不受干扰地发生着。在农田里劳作之余，每当落日沉沦时，也是我身体最为疲惫的时刻。我便用手扶着锄把，静看大自然辉煌的一瞬。

　　这时，阳光呈现出前所未有的娇羞、温柔，它们像水泼般地倾洒下来，随意灌浇在一马平川的黄河滩上。被涂抹了七彩的黄河滩、钻天杨、黄河大堤、坝头等，周围的一切事物都被橘黄色的残阳染照出梦幻般的色彩。看周围的一切，真是美轮美奂，宛如天界。

　　无边的黑暗似乎把溜河风的力度削弱了不少，在轻柔平缓的风中，当火红的太阳收敛起膨胀的热量，给静寂的黄河滩洒下一缕一丝的凉意。太阳也似乎变得安静下来，在黄河边际的尽头，在与遥远的地平线接壤的地方，即将坠落的残阳幻变成一个淡黄色的球体。此刻，它的外表被几分温柔的颜色层层包裹着，像印度女人纷披的纱巾。

　　接着，那团淡黄的球体在逐渐变暗，呈现桑葚的大红，红得博大、玄妙。黄河滩被涂抹过的色彩，也渐渐由希望般的嫩黄变成心死般的暗淡来。落日在这个时刻最为安静，沧桑的容颜像在黄河滩生活了一辈子的老人临终前所呈现出圣人般的平淡祥和。黄河滩的色调变换极快，如歌的溜河风把成片的庄稼拥向一边去，然后再拽向另一边，这一切的一切，不厌其烦，反反复复，像一种庄严的对黄河的顶礼膜拜。在易失的光阴浅缓的移动中，阳光下的万物由盛向衰，然后再由衰又重新走向新生，走向新的涅槃。大漠孤烟直，长河落日圆。落日在这条长河古道极尽着它的烂漫、苍茫和壮美。

一轮生命将近的深红色圆球，在浑浊的黄河绸缎般的怀抱中渐渐下降、沉沦、陶醉，挥发出一天的光明和热量，它好像很疲惫。此时，落日像一个在男人怀抱里撒娇的小女人，垂下眼帘，羞涩的脸庞上乱红飞渡，两手捏着衣角，把头深深埋进男人宽广的怀抱中，尽情享受甜蜜的爱情和男人豪放的柔情。

把目光从黄河滩转移到溜河风轻拂的河面上，是另一种与玫瑰色的幽意相交幻化成的风情。摇摇欲坠的残阳把最后一抹微淡的光焰洒向舒缓的河心，随着波浪的抖动，浊黄的河面便呈现出不同的光与影。残阳洒金，河面倒影沉璧，薄雾披纱，河风习习，此情此景，让人心醉。同一片黄河滩，同样的黄河落日中，不同的角度和方位定会出现不同的景色。水天一色，落日熔金喷射出的光焰长短不同，方位不同，触及的面积也多少不同。

有时，在落日的衬托下，我仰望黄河滩的上空时，看见一朵云从钻天杨的树梢上，轻盈地浮升，很像一只归圈的羊稍微喘息一口气，站定了，继续向上浮升，它的色彩也受黄河落日的影响，由雪白泛出橘黄，最后变成大紫的橘红。呆然观望的同时，很快又有一朵云追逐而来，镶嵌在第一朵云的边缘，刹那间颤动了一下，两朵云合二为一，一边浮动一边变形。此时，不像看云，倒像翻阅卡夫卡笔下的小说。接着，第三朵云，第四朵云，第五朵云，还有后面很多的云仿佛听到集合的号角声，都朝一个方向款款而来，它们可爱的样子像一群追逐嬉闹的乡村孩子。

这是黄河滩的云阵，只有亲临奇景者才相信那是大自然的杰作，而不是鬼斧神工的艺术品。但云阵就是云阵，没有太阳永恒，天暗下来，也就消失了。这时，落日快隐没在西山的后面了，黄河的尽头，遥远的地平线上只照射出一块簸箕大小的光亮来。落日继续西沉，最终，西方最后一道光芒也彻底消失了，天空渐渐由灰变暗变黑。平静的河面在灰暗中显得寂静、沉默，河南岸的坝头也渐渐在寂静的沉默里无影无踪，这短暂的寂静恐怕要等到月升中天时才被打破。

对落日最精彩的描述来自阿根廷作家博尔赫斯的诗篇："人类对黑暗的一致恐惧，把它强加在空间之上。"我在这里看到的是落日对某种命运的反照和映射。

我在黄河落日中感受到大自然的辉煌和博大，在溜河风吹拂的黑暗中沉醉不知归路。心与落日共享浩渺和美丽的同时，宛如淋浴天堂里的雨，涤荡心灵的尘埃。

黄河日出

　　有人说：太阳每天都是新的，因为那是用心在作观照。西方有一位哲人也说：请别挡住我的阳光。为了不被挡住阳光，看黄河日出的最好时机，是置身于夏季广阔的黄河滩上，前面是浩浩荡荡东流的黄河，背后是一块接一块绵延起伏的麦田，若有所思，或者什么都不去想，耐心等待浴血般的朝阳喷薄而出，去目睹那旖旎和壮丽的景象，该是一件多么激动人心的事啊。

　　等中天的残月渐渐退隐，东方河天一线处于水雾的迷蒙依然是江南水墨般的朦胧。四周极目处，亿万年沉积的河床托扶着九曲黄河，一路向东奔流不息。寰宇之间，俱是浑浊的苍黄，苍的天，黄的水和沙，充塞着黄河滩的空间方位。寂静的四周，一切的一切都沉睡在梦中，复归于开天辟地的混沌之中。思维的片刻，感觉有一阵淡淡的溜河风漫卷而来，夹杂着潮湿的水汽和河边植物的清香。

　　天地间的沉寂瞬间被清凉的溜河风打破，一线水淋淋的生命等待分娩。轻轻推动波浪轻吻岸边的黄河睁开的睡眼，伸展着懒腰，从睡梦中醒来。河边的钻天杨上有一只猫头鹰发出瘆人的叫声，黑色闪电般，倏然从这棵树飞向那棵树。河对岸的坝头上，有晨起的老人吼起了嗓子，沧桑的声音飘飘忽忽，在河面上打着水漂，传出很远。这时，水天之间蒸腾着粉红色的水汽，好像是为日出的粉墨登场渐次拉开舞台的序幕，水汽继续跃动舞蹈，仿佛整个世界为之骚动。

拂晓时分，天幕还是深蓝色，天边的几颗星子依稀散发出淡淡的微光，像不事节俭的孩子撒落的面包屑。面对东方等待日出的方向，入目的是浩渺的天空，先是有点水墨的味道，瞬间就呈现出油画的质感，层次渐渐分明，轮廓渐渐清晰。再放眼远看，那条苍龙般的黄河蜿蜒东流，铜汁般浊黄的河水和遥远的天边接壤，自然是看不到地平线的。

不知道哪位丹青妙手，狼毫一挥，在水汽中画出一道玲珑的弧线。继而，起伏的水汽将它遮掩，然而，它总是不屈不挠地向水汽的顶点攀爬。当这道弧线终于冲破了云海，在黄河滩的东方，露出半张处子般的笑脸。那就是新生的太阳，稚嫩的，带着新生婴儿的羞涩和兴奋，睁开纯洁的眼眸打量着这个陌生的世界。同时，河水和天边接壤的地平线上，半边的天空被点缀成玫瑰色，俄顷，玫瑰色不断加重，变成了橘红色；此时，视野右侧天空的云翳却显得层次分明，橘红色的线条，勾勒出灰黑、浅绿的云翳的花边，像夏季少女色彩斑斓的裙裾。绚丽多姿的晨霞布满天空，如梦如幻，让人的胸臆中升腾起万千的遐思。

刚出生的太阳继续攀爬，好像从浊黄的河水中获得生命，积蓄着力量和勇气。凝望时，那点淡红的圆弧在逐渐扩张、裂变，沉稳而执着，活跃而踏实。攀升，继续攀升，太阳在渐渐变大，从小半圆、半圆、大半圆，到整个圆挂在东方。哦，黄河朝阳的颜色越发强烈，终于把云海穿透，鲜明的阳光在河面上抹出一道长长的霞光。霞光投射在微微颤动的河面上，微微的波纹里便泛起鱼鳞般的涟漪，涟漪被溜河风拉得细长、圆滑，与刚升起的朝阳相互辉映，成为一把巨大的折扇，把渐渐明晰的天河分为两半。形成一种孤独而恢宏的气势，叫人心底滋生出一股莫可名状的激奋。像是镶嵌了许多珍珠和宝石的绸缎，被两位巨人拉扯着抖动着，真是美妙绝伦，气象万千。

此时，有数不尽的水鸟开始从梦中醒来，鸣叫着，欢呼黄河日出！水精灵们相互碰撞发出"沙沙"的水音，在为黄河日出精彩的表演喝彩。果然，太阳钻出了水面，红中泛黄，圆润似玉。太阳冉冉上升，天际变得更加瑰丽。在太阳光芒四射中，玫瑰色的朝霞开始从太阳的周围渐渐退隐，绸缎般的金黄色迅速扩散开来，天空的色彩不断变幻，低点的云朵，高点的云层，在瓦蓝的天幕中变得更加迷幻多姿。

黄河日出终于完成了涅槃的任务，太阳终于升起来了。周围的阴霾渐渐被亮度增加的阳光驱散而去，偌大的黄河滩在明媚的阳光下复苏过来，像在漫长的冬季中惊蛰的生物。一切的一切，都像是刚睡醒的样子，欣欣然睁开了眼。附近农家的屋顶上举起了炊烟，河面上渔歌互答，勤劳的渔民又开始捕获着希望。在这片涂抹了黄河色彩的图景中，我被黄河日出的印象深深感染。

太阳在每天早晨周而复始地升起，带给黄河人所需要的温暖和希冀，是那样的平凡，平凡得以至于每一个匆忙的过客都忽略了它的美丽。黄河日出真好，它虽然没有海上日出磅礴的气势，也没有泰山日出迸发的热情，但它是和谐的、明朗的、璀璨的。

黄河滩

一

黄河滩是黄河衍生出来的一个富足的器官。走出村庄往南，越过黄河大堤，堤南的千顷良田和黄河边的一片荒野，都属于黄河滩的范畴。以前地形为波浪状的黄河滩，几经村民的整饬和修理，缺少了起伏，现在变得一平如砥。每当秋末冬初时节，绿油油的麦苗钻出泥土时，黄河滩像一张绿毯子铺排在堤南。

当一条铁路从黄河滩的上方横穿而过时，便打破了原来的秩序，这是现代工业向传统农业的入侵和霸占。站在黄河大堤上远眺时，极目的视野中又平添了新的内容和元素。

难料的世事大抵如此，当我离开村庄，离开黄河滩，都市灯红酒绿的一切像黄河涨水时的漩涡席卷着我沉浮不定的时候，我便回忆起一个渐行渐远的影像。随着年龄的增加，经验的日积月累，我才慢慢懂得这影像、已逝事物对我生命历程的重要性。因为它只有电光石火般的短短一瞬，继而消失，变成了蚊香燃尽后的灰烬。当电光石火逐渐冷却的时候，像一个冰块在炙热的太阳照射下消失殆尽时，我会感到额头上平添了一道涛声般的皱纹，我生命的年轮又扩大了一个圈际。

倘若真要找一个我与黄河滩的关联，那就是黄河滩作为我人生的课堂，而不是乐园（我贫瘠的童年不可能拥有这样一个如此奢侈的比喻）。在夏种秋收时，童年的我会手持一把小件的农具，跟随着父辈到黄河滩上劳动。夏天收割麦子，秋天收割黄豆、玉米和花生。黄河滩给我的一个感悟就是：只有挥汗如雨的劳动，灌浇出丰盈的收获才是实实在在的。在这里，黄河滩简直是一面镜子，一切浮华和虚伪都在这里现出原形。有连边的土地，但没有连边的收获，秋天是一个对乡亲的劳动进行兑现的季节。当时，农业生产比较落后，劳动基本靠手，排子车是主要的运输工具。田地和打麦场被黄河大堤分开，麦子收割后要用排子车拉到堤北去晾晒。加上大堤堤坡的马路都是土质的，根本没有硬化，把满载一车的庄稼从堤南拉到堤北，要竭尽全家人的力气，在这里体现出齐心合力的精神，也是一种共同劳作的幸福。赶排子车时，全家老少都放下手中的镰刀，一起去赶堤。大堤爬上一半，马路还是比较平坦的，等爬另一半时，堤的坡度骤然上升，这就增加了赶堤的难度。由于很多车轮都曾在这里徘徊，打过转转，致使这里硬质的路面被破坏，沙化严重，沙土越积越多，最厚时，沙土能埋没脚踝。沙土里还隐藏着挡车轮的石块，人不小心踩在上面，会扭伤脚。人在困难面前，总能把体力发挥到极限，这是我看到赶堤时所感悟到的。手把持着排子车把的劳力，襻带紧扣进肩膀的肉里，双手紧攥车把，身体和堤坡躬成三十度的角，其余赶车帮的人，也是臀部翘起，脚尖紧扣进泥土里。满载庄稼的排子车像一头雷打不动的老牛，一点点往堤坡上爬，等蜗牛般的排子车爬上堤顶时，驾辕的劳力和赶车的人，都腿脚发软，大口喘息着，那真是精神和体力的双重折磨。

　　当然，能把满载的排子车赶到堤顶算是十分幸运的了，很多车辆会因为装载不当或赶车的人力所限，导致人仰车翻的悲剧发生，满车的庄稼歪倒在堤坡上，狼藉一片。每逢收获的季节，很多人手单薄的家庭，当家人都会愁眉苦脸地想哭。

劳动了一天，拖着疲惫的身体回家时，在路上，也能体验到黄河滩留给我很美好的一面。接近黄昏，天地间被朦胧的雾色笼罩着，地里野草杂物燃烧的篝火升腾起来了，一字排开，绵延千米，袅娜如菊，由于火的牵连，天地之间的距离一下子被拉近。烟雾在树梢间缭绕，盘桓不绝，宛然仙女的裙裾。黄河滩在给我做人尊严的时候，也没忘记给我文学的诗性。

今年国庆节前夕，因要收割庄稼，我又回到了黄河滩。尽管沉重的劳动压榨着我的体力和兴致，但心情还是愉悦的。当我站在黄河大堤上望着银带般的黄河蜿蜒东流，望着依偎在黄河周围的农田和葳蕤的树木时，我久久地思考着自己这几十年人生旅途中的颠簸流离，少小离家老大回，在外久久寻觅的东西，最后发现，黄河滩居然才是我最后的归属。

秋天的庄稼收割后，紧接着又播种上麦子，等麦苗钻出土地时，清寒的霜迹将至，单薄的云翳飘浮的天空，会有南迁的雁群嘶鸣着一晃而过。丰盈的粮食带给父母越冬的资本和对抗自然的勇气，我心中滞留着一片肃穆的静寂。

何时再相见，我魂牵梦萦的黄河滩。

二

在豫东北平原，相对于绵延千里的黄河大堤，几近干涸的池塘，逐渐被宅基侵吞的田野，黄河滩是最美好的去处。

其实黄河滩的定义，仅指黄河两岸河边的滩区，也就是垦殖后的田野和黄河水所裹挟的一小片地域。黄河滩也并非是固定不变的，而是随着河水的上涨和枯竭而变化的。夏末秋初之际，因黄河上游雨水频繁，河水突涨，河面加宽，致使黄河滩萎缩；相反，春冬两季，黄河上游雨水稀少，导致河水的流量锐减，甚至有断流的迹象，干涸的河床的边缘就变成了黄河滩的一部分。

　　清晨，辽阔的黄河滩上飘浮着淡淡的雾霭。河道由西向东蜿蜒而去，亘古不变，两岸尽是一排排高大秀美的钻天杨，还有几棵亭亭玉立的香椿树，跑出阵列，随意地安插在黄河滩上，像母亲头上不慎黏附的麦秸莛。上游的大坝建成后，河水既不上涨，也不干涸，一年四季保持着缓缓浅浅的流势。从黄河大堤上远眺的话，但见一条幼细的水脉躺在近乎干涸的河底，静若熟睡的处女。如果要仔细聆听的话，通过微凉的茫茫的谷禾清香弥漫的空间，绕过丰满修长的杨树，仍能隐隐地听到那潺然不绝的流水声。

　　除了河心一线脉脉东流的河水外，剩下的就是广袤无垠的黄河滩了。河水退去，上面徒留下河水走过的痕迹，鱼鳞般的纹路，如碗状，如女人的蝴蝶骨突兀着，互相连接，均匀排布，遥指苍茫的天边。当河水与西下的夕阳融为一体，看上去烟波浩渺，宛如仙界，置身其中，真让人怀疑正处于沙漠的边缘，正与浩渺的苍穹直接对话。长河落日圆的黄昏，我喜欢一个人驻足其间，渴求安静的心灵随着偌大的黄河滩飘荡起伏，这是满世界的喧嚣，一个人的孤独。

　　沙滩上覆盖着一层硬质的壳，下面是湿润柔软的沙层。脚在上面反复踩踏几下，硬壳渐渐变软，软得一塌糊涂，并有细细的水流渗透出来，伴随着从泥沙里挤压出来的气泡，冒出、破裂。

　　黄河滩的泥沙，吸附力很大。不过，倘若脚步以身体为圆心，顺时针或逆时针不停移动的话，顷刻间，脚下的泥土就会变成一张圆形的"蹦床"。身体左右摆动的话，下面弹性十足的泥土也会上下起伏，童趣十足，这是我童年时最喜爱做的游戏之一。这时，被水稀释后变得更软的泥沙，滋生出一种闷不吭声的力气，向里嘬着踩在上面的脚。若原地踏步的话，十有八九有被淹没脚踝的危险，想再拔出来就要花费很大的力气，否则就发生葬身黄河滩的悲剧。

　　在黄河滩，我经常看到一种名叫柽柳的树种，猛一看，像个圪蹴在黄河边割草的男人，臃肿而矮小。它仅有半米高，离地面很粗的枝干，能显示它不菲的年龄，树干上堆积着杂草和蹭磨农具滞留的泥巴。半米是它生命的高度，可以想象数十年来，它曾经被镰刀或铁锨无数次砍过，被山羊或绵羊无数次啃过。它的表皮是红铜色，带有桃木的颜色，靠北的枝干半边有烧焦的痕迹。肯定在数年前，一个放羊人不慎点燃的一场野火在北风的肆虐下，噩梦般从它的根部呼啸而过，幸好只擦伤它一点皮毛，没有危及生命。它粗壮的枝干上，仅剩余几个枝条，不知被哪个好事者拧成一个活扣，绿叶和枯叶挣扎在活扣内外。这是黄河人怕田埂树的枝条肆意蔓延遮住庄稼阳光时，对茁壮的地界树惯用的伎俩，没想到习惯使然，对桎柳也加以施压。难道怕原本就荒凉的黄河滩，再多出一丝和谐的绿意吗？

在黄河滩的边缘，踩着轻轻波动的河水行走时，会发现很多从上游漂浮下来的物件，瓶子、罐子、泡沫凉鞋、带着胡须的芦苇根、浸泡了许久的枯木、塑料的儿童玩具。每年骤雨初歇的夏天，河边时常有冲刷下来的树根、树枝等河柴。这时，居住在黄河边附近的居民，就会拉上排子车，扛上捞具到黄河边去打捞河柴，把打捞上岸的河柴一车车拉回家晾晒好，准备温暖一年四季贫寒的日子。

黄河水浅缓东流，黄河两岸的百姓也日复一日地操劳着，为生计，也为下一代的幸福。他们像黄河滩的桎柳，百折不屈，在黄河滩上，看那花开花落，日出月落。

三

我土生土长的黄河滩啊，闭上眼睛，黄河滩上万千事物便接踵而至。天空中飘浮的玻璃纤维般的白云，如脂如玉，通体没有丝毫的微瑕。秋天黄河滩上遍布的芦苇不时放飞成熟的芦花，洁白而轻盈地摇曳着，把溜河风的尾巴拖得很长很长。河滩黄褐色的沙土里，包裹着祖先的骨质，适逢清明或岁末时，在凛冽的夹杂着爆竹清香的寒风里，我虔诚地跪下，祭祖用的殷红的炮衣如花般绽放。

在黄河滩，西沉的太阳第二天会在东方照常升起，重新把村庄暗淡的眸子拭亮。疲于奔命的黄河人像一株株庄稼散落在田间地头，他们早已习惯这周而复始的劳动，没有开始也没有结束。耳畔传来九曲黄河的涛声，无论岁月沧桑，还是日月更换，黄河总是执意迂回东流入海。当玫瑰般的晚霞洒落在河面上，霞光中的河水在溜河风的煽动下，轻吻着河床，隔着浩渺的烟波望过去，对岸的农舍上升腾着袅袅的炊烟，那是一种看起来很温暖的气息。野鸭从芦苇丛里起飞，掠过绵延起伏的黄河滩，逐日而去，那是一天最美的景色。

我的黄河滩啊，你是我生命之源，当我走完天涯之旅时，我会被村庄里厚实的原木包裹着，熟睡的婴儿般栖息在你的胸怀。

我没有来路，只有归途。

黄河滩的植物

　　黄河滩的植物中，我除了浓墨重彩地描述过芦苇外，其他植物均是客串般偶尔在我的文章中一晃而过，给读者留下羚羊挂角般的背影。今天，我把熟悉的黄河滩的植物细细描述出来，像是在回忆童年时的一个个朋友。

　　柽柳在黄河滩随处可见，精神抖擞着蓊蓊郁郁的，粗看上去像是常青树的族类，与松柏是近亲。至于在植物学上把柽柳归为哪个树种，在文献上鲜有记载。松柏的枝叶是扩散成长的，四下里披散开来，而柽柳的枝叶都一一向上生长，紧紧包裹着主干。夏天，开紫色的絮状花，一嘟噜一嘟噜的，像栖落在枝桠间一小片一小片的彩霞。其实把柽柳归为松柏的一种，有点勉强，要是由着它的性子长，也能长成粗壮的树木。尽管离地面很近的古铜色的树干很粗壮，不过成不了材料，很没有耐性，长着长着，树身上旁逸斜出很多枝枝杈杈来，树干就偏离了正常的生成轨迹。既然不能成材，就次而求之，只能当柴禾用。先把深深的根茎刨挖出来，摊放在黄河滩上晒干晒透，拎起来不再沉甸甸地坠手了，燃烧起来火力比较持久。柽柳的枝叶间，经常看见几只绿色硬壳的爬虫，在枝叶间走走停停，停停走走，像在仔细寻找一件丢失的东西。把它捏在手里，能感觉它硬硬的壳有点硌手，四肢不停地挣扎蠕动，尽管那是徒劳无功的。欣赏完毕，把虫子重新放在柽柳上，再嗅嗅刚捏过虫子的手指时，鼻翼间弥漫着一种臭气熏天的浊味。这估计是对手贱者的惩罚，好端端爬在枝叶间的虫子，没招你没惹你，你偏去招惹它，不污染你的手指污染谁的手指。

爬行的芦苇是黄河滩上的另一道景色，这是其他地方不存在的物种。这种芦苇有别于每逢秋天抽穗扬花的芦苇，它从萌芽到终老于深秋的某一天，一直都是匍匐伸展成长，没有站立起来的机会。爬行的芦苇不喜欢扎堆，都喜欢单独在空旷的河滩上由着性子爬行，前面没有障碍，四周也没有狗尾巴草惹它心烦。为巩固其行走过的轨迹，每个枝节间都滋生出深浅不一的根须，也防止被溜河风刮偏离了方向。这种芦苇长达十几米，远望过去，像是蜿蜒移动的蜈蚣王。

爬秧豆子在草丛里也不难碰到。这种勉强被冠以豆子之名的植物不是秋天黄河滩收割的黄豆，而是一种野生的豆子，自生自灭，周而复始，很有耐心地延续着物种的繁衍。之所以称它为豆子，因为它的根茎、叶子和豆荚都比黄豆的根茎、叶子和豆荚统统缩小了一半，看上去小头小脸的，像是黄豆家族中的侏儒小弟弟。爬秧豆子不像黄豆直立生长，它属于变异的攀缘物种，需要依附寄主才能生存。把枝干拧成麻花状，沿着寄主一圈一圈向上攀升，小巧玲珑的叶子迎风招展，像戏台上演员手中缠的花里胡哨的枪柄。等夏初秋末时，叶柄与枝干相连的部分，便绽放出蝴蝶兰样的小花。大自然对再卑微的植物也是一视同仁，它们和伟岸的植物享有平等的权利，不会因为长得赢弱就剥夺了其开花的权利，不会因为长得壮硕就减弱了其挂果的权利。等花开花落后，招惹过蜜蜂，也引逗过蝴蝶，虽然生命是短短几个月的光景，也不枉在自然界中走一遭。随后，绿莹莹的豆荚便伸展出来，向黄河滩展示着苦斗煎熬的成果。等秋天接近尾声时，小小的豆荚被太阳晒裂，黑黑的豆粒便自动蹦跳出来，落在黄河滩上，为来年的萌芽积蓄着力量。其实想想，爬秧豆子比长在田地里的黄豆生活得更加不易，黄豆还有专人施肥、灌溉、灭虫和除草照料的待遇，在黄河滩人眼里，爬秧豆子完全是一个姥姥不爱舅舅不疼的苦命孩子。不仅失去了被照料疼惜的机会，它的生命也在平常的岁月中朝不保夕，它要时刻提防割草人的镰刀，也要警惕牛马羊等牲畜的吞噬，还要躲避干旱雨涝等自然灾害的侵袭，稍一疏忽，在溜河风中成长的功夫都白搭进去了。

春末夏初，在柳絮飞舞的日子里，村庄成了一方白茫茫的世界，让人怀疑是反季的雪天。黄河滩南边的村子里，被南来的溜河风捎来很多轻飘飘的柳絮，遇到河滩里一小片水域时，便停驻下来，漂浮在水面上，耐着性子等水被太阳晒干，被黄土渗干，浸过水的柳絮失去了水面的托举就顺势落下来铺满干涸的河床。过些日子就是一粒粒饱满的种子孕育成生命的过程，柳絮中包裹的柳树种子在河床里萌发出绿茵茵的柳树苗苗来，稚嫩的颈部擎起两瓣芽芽，煞是可爱。这种点缀黄河滩静寂的绿意是短暂的，别指望它们长成栋梁之材。当它们长到一拃高，甚至两拃高，不是被涨潮的河水悉数吞灭，就是被白云般的羊群一扫而光。转眼又像回到从前，黄河滩恢复到以前单调的模样。

黄河滩除了上述这些长住居民外，还有一些随河水跋涉而来的外来户。它们一般都是顺流而来，几乎没有逆流而上的。一截不知在河水里浸泡了几天几夜的树枝，被河水冲刷到河边便搁浅在河滩上，便摆出既来之则安之的淡定随意来，生发出几枝嫩绿的幼芽来。一种绿萝家族的植物，根茎中储蓄着气囊，也顺流而下，等河水变浅了，被晾在鱼鳞状的河滩上，也生出几枚新鲜的根须，然后再萌发出几枚嫩黄的枝叶。

当然了，上面列举的是黄河滩常见的几类植物，除此之外，举不胜举，穷尽我毕生的精力也难以认全，也难以写尽。对我来说，村庄随处的一隅，就是一个内容丰富的宝藏。

　　黄河滩的植物在远离村庄的一隅，支撑起另一方世界。当南来的溜河风刮起时，它们就在潜伏的惊蛰中苏醒；当北来的雪霜施虐时，它们就在料峭的寒风中沉睡。

第二辑

溜河风

风一阵一阵地吹过
风越来越大
旋　风
风把人吹老
…………

风一阵一阵地吹过

夜里，一阵一阵的风从黄河大堤上漫灌下来，灌进村庄的时候，风的翅膀和树梢、屋顶、麦秸垛、房屋摩擦发出的声响被瞬间放大，吼叫着，像个刚死了孩子的寡妇在黑暗中绝望地拉着长音干号，没有一点实质性的内容。白天开晚上合的大门会首当其冲受到风的撞击，大门没被插严，风一吹，门就被推一下，风一停，闪回来的门就撞在门框上，发出"咣当咣当"单调的喧嚣。风也在窗棂的空隙间乘虚而入，发出像狗卡着脖子似的尖锐的呜呜声。睡梦中的孩子往往被风可着嗓子尖叫的声音吓醒，发出几声梦魇般的哭声，又重新搂抱着母亲的脖子混沌跌入睡梦之中。

夜里的村庄，几乎成为风的天下，它们长驱直入，穿门过户，犹入无人之境。

夜里奔跑的风，像个调皮捣蛋的孩子，惹是生非，常常做出许多祸害四邻的坏事来。

夜里，风像个流窜作案的小偷，手里不捞摸点东西是不会轻易善罢甘休的。一个垛得糊糊弄弄的麦秸垛被一场来势凶猛的风给掀翻；房屋上搭盖的不牢靠的油毡纸，被风当风筝放飞在空中；挨着院墙堆放的一溜玉米秸，风一吹就放倒一捆，一吹又放倒一捆，等天亮一看，被风放倒的玉米秸撒得满当街都是。风除了恶作剧外，也可以煽风点火，助长一场星星之火。把一团一团的猪毛草推得团团转，然后跑累了就推到每家每户的大门前。风也是善于挑拨离间的老手，可以把本来邻里关系就紧张的张三和李四家推到更加糟糕透顶的状态。风把张三家晾晒的衣服，隔着墙头吹到隔壁李四家，等两家因为衣服而大动干戈，甚至兵戎相见时，奔跑了一夜的风消停了，和颜悦色地充当起和事佬的角色。

村庄里缺少什么都可以，就是不能缺少一阵一阵的风。假如说麻雀是村庄的小神，风就是村庄的灵性和圣物。

一阵闲得无所事事的风可以把一条凸凹不平的土路重新修整，一条新辟的路经过人和家畜大小不一的脚"蹄"印的踩踏作践，渐渐变了形，走了样，出现老相，变得坑洼不平。风便把凸出来的部分泥土，搬运到凹出来的地方，这样凸出来的地方变低了，凹出来的地方变高了，整个土路就变得平坦多了。整日为生活奔波的黄河滩人，是无暇察觉到风充当养路工的角色的。

时隔多年，我一直清晰记得村东头悬挂在杨树杈上的喇叭声被风吹扁的细节。在风声呼啸的夜里，我对满世界的风声心生敬畏，没有出去和伙伴们玩捉迷藏的游戏，小坏头、虾米精和蛤蟆嘴隔着大门轮番喊我好几遍，我都忍着没出去，早早地睡了，小猫似的蜷缩在炕上，但睡意全无。好像风不但把村庄的枯枝败叶搜刮走了，连我的睡意也被搜刮得干干净净。我耐着性子酝酿了很久，但睡意像个贪玩迟迟不肯回家的小狗。此时，村长给广大村民传达通知的喇叭声，被风拉扯成扁扁的声音传入我的耳廓，有时村长通过喇叭传递出来的喉咙哑破的声音还被风硬生生地拦腰截断，前言和后语失去了牵连，有点犯飘，像一个在河面上漂浮的葫芦，时沉时浮，若隐若现。

汗珠子滚太阳，门前的黄河缓缓东流，村庄被手持长鞭的风撵得大步流星地奔跑着。风不仅吹熟了堤南黄河滩上一年四季的庄稼，也吹熟了堤北村庄里千巴口的人丁。

　　一个人从落草开始，望风而长，到呼啦啦长成一个半大孩子。麦子黄了几季，再青了几季，这个孩子就在呼啸的风中变成一个顶门立户的劳力。在麦田里的风中，他手持农具侍弄着棘手的农事，过了晨昏更替，过了年岁嬗变，早晨荷锄出门时还是一个壮年，等背负着玫瑰色的残阳再迈进家门时，他变成了一个暮景残年的老人。说老就老了，等老得持不动笨重的农具了，老人便袖了手依偎在南墙根晒几年太阳，等把身体里藏匿的寒气都逼出体外后，又是一阵风，把老人送进村后的坟墓里，那是村庄外的又一个村庄。

　　等活蹦乱跳的青壮年男女都外出挣日月奔赴前程去了，只剩下老人和孩子的北李村日渐衰落荒凉。衰落荒凉的村庄里一阵又一阵的风来了又走了，留下成熟的庄稼和孩子，带走了老人。

风越来越大

村子的人越来越少，村子的风越来越大。

年轻人撂下父辈传承多年的农耕方式，一心想在城里闯荡出另一番天地。不仅带走了人气，也带走了热情，村子的温度日趋清冷。扔在村子里的院落被野草侵占后，越来越荒凉。滞留下的孩子望风而长，他们像血液一样在村子的肌体里突奔往来。年老体衰的老人像庄稼在秋天里熬熟后，被岁月之镰一茬一茬地收割殆尽。每个人生来，似乎都欠村子一桩生命债。属于老人的记忆和往事都被死去的人分批带走，唯剩下面目全非的村子和支离破碎的日子。

少一个人，村子里就腾出一块地方；当一个劳力渐渐老去，羸弱的身躯也给村子腾出一块地方。风从堤南走到堤北时，减少了很多人为的阻力，风想怎么走就怎么走，没有人拽住风的胳膊腿脚了，风行走的速度就越来越快了。

紧挨着大堤的村子置身于旷野之间，村后、村左、村右都是田野。田野里除了几棵歪脖子树外，零星地躺卧着几座老坟，风吹雨打，坟头塌陷下去不少，没有刚矗立时阴森可怖的精神头了。风便毫无阻碍地从村南刮向村北，沿村子中心宽泛的街道，一次次长驱直入。坟头上爬满了野草，在黄昏的风中招摇远望。

风大如河，强劲的风像冰冷的河水一样漫过去，发出泥土被淹没的声音。

风，越来越大。

旋　风

在村子里，风随处可见，几乎不受季节时间的制约。我落草后，被风吹着吹着就长大了。那阵风始于三十多年前，那时我很小，把弟弟安置在家里，独自一人从家里出来，去堤南找收秋的母亲，结果没找到母亲，自己却走着走着迷了路。

记得当时，秋阳高悬，村子上空洋溢着五谷成熟的馨香。刚收割完黄豆的田野里，除了留下黄褐色的豆叶外，还留下半拃高的豆茬。豆叶蜷曲着埋伏在豆棵之间的锄头划过的深垄里，带着核桃表层脉络般的纹路。而逆着镰刀收割的豆茬，在秋阳的照耀下，呈现出白花花的光芒有点耀眼，像撒在豆田里的点点星星的碎银。

那次没有白迷路，在堤南遇到一阵旋风。那阵旋风像倒置的一个大喇叭，边像陀螺不停地旋转着，边曲里拐弯地游移着。

在那块刚收割完黄豆的五十五亩地里，我刚下了堤就遇到了那阵旋风。旋风好像从坝头窝里启程，走得不徐不疾，然后经过五十五亩地一路南下，一路上旋起干燥的豆叶、枯黄的草茎和尘土。这些轻飘飘的东西旋转着被带上天空，不久又被闪了下来，旋风一路不厌其烦地重复着这种黑瞎子掰玉米的游戏。

这阵旋风迈着官步，走得极为优雅，不张扬。我小心翼翼地尾随其后，生怕不小心被它察觉，想要看看它的耐性究竟有多持久。平时所见的旋风大都带着黑旋风李逵的暴躁脾气，行走如风，风风火火，当你还未打量清楚时，它就在你眼前跟头流水地稍纵即逝了。再有劲道小的旋风像个习惯撒娇不想走路的孩子，走着走着，就赖在地上不动了。

五十五亩地里的庄稼率先成熟收割了，周围没有一个人影，我尾随着旋风一路南行时，才看见与五十五亩地南头接壤的大地里，有庄稼人躬身收割黄豆的身影。两块地中间隔着一条五六米宽的土路。到了五十五亩地边时，旋风毫不犹豫地向大地走去，路上的尘土被旋升到四五米高的半空，像一条腾云驾雾的土龙呼啸而起。等过了土路，旋风把带到上空的尘土撒下来，遇到一株拇指粗的田埂树时，田埂树被旋风撞得摇晃了一阵子，像个在寒风中抖动的麻风病人。等田埂树摇晃了一阵子后，没有任何征兆，旋风便隐没在没有收割的黄豆地里不见了。我猜想，或许用不了一袋烟的工夫，一个猛子扎下去，就要抵达黄河边。

后来母亲告诉我，旋风是被死人的魂魄所驱使，它们常常在村子周围拐走行人，以充当替死鬼。告诫我以后不要再跟着旋风乱跑，见到旋风要远远地躲开。那次，我对母亲的话有点质疑，因为我跟随风那么久，它并没把我拐走。

随后，我在村子的胡同里又见过几次旋风。尽管对母亲的话表示质疑，我却把旋风视为畏途，不敢再贸然靠近，更不会在后面兴致勃勃地尾随。因有两面墙的裹挟，旋风不可能像在田野里自由散漫地行走。它只能被两面墙夹着向前移动，席卷着树叶、玉米叶，把晒了几天的干羊粪蛋推得骨碌碌直转圈。我直怯怯地远观一会儿，便拉着弟弟的手匆忙走开了。

风把人吹老

　　刮风的时候，整个村子都别想肃静。突显在村子里的很多东西，都足够风忙乎一天两晌的。除了风吹电线发出尖锐刺耳的哨声，风吹树梢发出鞭子落在家畜身上的声音，风钻墙洞时被卡住脖子时的大哭小叫外，剩下的就是风推动院门的声响。风很有耐性，会把这个看似简单的动作不厌其烦地重复一夜。风黑着脸挑衅似的推一下院门，院门就顺势撞击在墙上发出"咣当咣当"的响声，夹杂着铁质的门鼻来回晃动时发出"叮叮咣咣"的响动。

　　风有时像个七八岁讨人嫌的孩子，除了会制造一些声响外，还做一些令人吐槽的恶作剧，一些圆形或轻质的东西会首当其冲受到风的挑衅，一场风下来，会发生不同程度的位移。风把盆架上的脸盆掀翻在地上，童趣十足地溜着墙根推它几个来回，等玩腻了，把脸盆倒扣在地上便扬长而去。风把母亲搂成堆没来得及收拾回家填灶烧锅的树叶子又撒得满地都是，麦秸垛上挂着零星的麦秸被抛撒在空中。

　　在风中，一些缩成一团的猪尾巴草被风无形的鞭子抽打着，骨碌碌地乱转，像被狗穷追猛撵的一只疯兔子。只要风停息不下来，猪尾巴草便没有停息的机会。除非它转悠到一家大门垛子底下，避开了风头，赖着不走了，成为这家女主人送上门的引火柴。

有风的夜晚，不仅死东西受到骚扰，连活着的六畜也受到惊扰。看来只要是有生命的东西就会对大自然产生敬畏之心。风让电线、墙洞、院门代言的时候，发出怪异的声音，使鸡窝里惊恐的鸡篱拥在一起，圈里的牛马停止进食草料，鬃毛颤抖不已，在圈里打转转。当然了，不常见的风声也能惊动被窝里的孩子，他们在夜里瞪大惊恐万分的眼睛，急忙抱紧母亲的一只胳膊，充当危急时刻的一株救命稻草。

风均匀地安放在一年四季中，每年都会有不多不少的几场风经过村庄。不经意间，风把人吹老。村庄里所有没有定性的东西都被风刮歪过，有的歪过一阵子，又被另一场反方向的风给扶正了。有的歪上一辈子，像盘踞在村头的很多歪脖子树，因盘踞在村头，遭受到风的冲击力是最大的，往往一场大风过后，再也没有昂首挺胸做正直树木的机会。一些整天拖着颤颤巍巍影子的老人也被风刮歪了，刮歪的老人失去了让身体站直的机会，会不厌其烦地一直歪下去。风有点欺软怕硬，只会把一些风烛残年的老人刮歪，却奈何不了健壮的劳力。

一个人在村庄落草后，望风而长，几十年后，慢慢又被风吹老了。在黄河滩活动的人，就像田地里守望的庄稼，活动和守望的实质就是等待一场风，把自己吹老。和草木一秋的庄稼相比，人这一辈子的生命也漫长不了多少，就像一场夏天的暴雨经过午睡的村庄，来得快，去得也快。人生苦短，我马上就三十七岁了，就说活到八十岁吧，刨去临终前和病魔做斗争的那段时日，这辈子也没多少自我掌控的天数了。

强劲的风洞穿人的身体时带走了四射的活力，在人的头上降落一层薄薄的雪；带走了水分，在人的眼角和额头留下植物根须般的皱纹；最后带走了弹性十足的血肉，留下一把羸弱的皮包骨头和终日缠身的若干疾病。风就这样左右了一个人的生命走向，慢慢把一个人规劝到老年人的行列之中。风似乎软声细语地附在某个固执老人的耳畔说，去那里吧，那是每个健全的人要经历的最后驿站。

跟随母亲从地里干活回来的路上，遇到过几场大风。风力凶猛，把路两边的柳树吹得东倒西歪。风把田地里的沙土恶作剧般抛到半空中，然后再撒开来，像仙女散花。这时母亲会放下扛在肩上的农具，把我紧紧地搂在怀里，我也配合似的紧紧抱住母亲的胳膊。不知是怕母亲被风刮走，还是怕自己被风刮走。那时我太小，在黄河滩扎根不深，躯干也像一株两米高的杨树，每天都活得战战兢兢，生怕母亲稍微一疏忽，一场风就把我刮走，像一枚蒲公英的种子、一棵被风拔起的树苗，借助于风力，把我流放到一个离家千里的地方，那样的话，我再也找不到母亲，再也找不到生活了几年的家了。也不管我待不待见、喜不喜欢那个地方，风像完成了任务，极不负责任地一拍屁股便不见了踪影，生怕我央求它捎给因找不到我而焦急万分的母亲一句安慰的话。

村庄里，只要有风刮过，就会泄露一些藏匿在角落里的秘密，使一些看似隐秘的事情变得不再隐秘。夏天的麦口里，干热的麦黄风一鼓作气把堤南的麦梢吹得焦黄，接着把麦子成熟的讯息散布给村里的人。于是，获悉麦子即将成熟讯息的人们就磨刀霍霍，拧耧子，修葺排子车，连夜备置和整理收麦前的工具。夜里，风悄悄潜入村庄，会把一个在村外的麦秸垛旁偷偷野合的女人舒畅的呼叫声，在寂静的夜里散布到周边的各家各户。当然了，在有风动的日子里，有想改善生活的人，尽管试图掩盖得再严实，也抵御不了风的喉舌，把肉类的醇香均匀地撒播在村庄的上空，一家人的节日似乎变成了整个村庄人的节日。

一场大风就像堤南发水的黄河，会把上游的许多东西捎带给我们，把我们的东西带到下游。它们随着风一路飘摇，一路抛撒，有的落在村庄，有的落在村庄外的地方。一场大风过后，许多不熟悉的东西像馅饼一样从空中斜落下来，有方便袋、衣物、纸片和蓬松的野草，以树叶居多。当然了，一些村庄里扎根不牢的东西也会被风带往别处，让别的村庄里的人也体验一下天空掉馅饼的欣喜和快感。不管有没有用，捡东西总比丢东西要强。

一些游手好闲的小偷就喜欢在刮风的夜晚流窜作案，风声能造成混淆视听的感觉，即使小偷不小心弄出吓人的响声来，主人也以为是风声作祟，从不往小偷身上考虑。在风声的掩盖下，小偷行动起来肯定会满载而归。

北风撞门

　　田野里的庄稼颗粒归仓不久，南迁的大雁奏响铜号，把一晃而过的背影投射在村庄里半堵残墙上，漫长而忙碌的秋天便以萧然的姿态戛然收尾。紧接着，急不可耐的冬天便驾驭着令人毛骨悚然的寒风，席卷起漫天的秋叶，扬起遮天蔽日的沙土，在一个霜迹盈天的夜里撞响院门，狞笑着来了。

　　野外变得分外空旷，凸显出黄河中下游平原的辽阔壮美。庄稼在农忙时节已收割殆尽，田野里没有让庄稼人牵肠挂肚的庄稼了，土地也进行过翻整，从酥软的土地里探出头来的冬小麦看上去绿油油的，若有若无，远远望去像泼了一层浅浅的绿水。冬小麦煞是可爱，像我可爱的儿子刚见面的瞬间。在冬小麦的地块中间，偶尔夹杂着一两块没有及时翻整的土地，龟裂的土地上还站立着早该砍伐的玉米秸。玉米秸失去盎然的活力，衰败的叶子有气无力地耷拉着，像一群衣衫褴褛的穷叫花子在北风的肆虐声中瑟缩发抖。这种风景怎么看都有碍观瞻，像光秃秃的脑袋上残留着一两撮没剃净的毛发。

　　空旷辽阔的田野里除了冬小麦和玉米秸外，还有一种站立着的植物，那就是鼓胀着棉桃的棉花。棉花叶子在霜迹的渲染下，由黄褐变成铁锈般的深红，有的叶子枯黄后飘落在地上，有的叶子还没长成形，因为温度降低，便停止了生长的冲动。它们失去了中年，从幼年一下子跳跃到老年的行列。无论季节嬗变得如何快捷，都会给每一片叶子从幼到老的生命体验。等叶子落尽，快变成光杆植株上的棉桃老幼一点都不均衡，有的刚初具规模，有的微微开合，有的吐露着未干的棉花。从棉桃里绽放出来的棉花倘若几天不摘的话，远远望去，白花花的棉花像落了一层薄薄的雪。

此时，村里村外的树木几乎都落光了叶子，显得瘦小羸弱，瘦硬的枝条犹如利剑劈开呼啸的北风，发出尖锐刺耳的哨音。树木抖动着的身体像被扒光衣服的男人，在凛冽的寒风中筛糠般瑟缩发抖。此刻，被树荫遮蔽的村庄也显现出大致的轮廓，裸露出红砖绿瓦的房屋和房屋前后的麦秸垛。

一早一晚，幸运的话可以看到野兔出来活动的踪影。整个漫长的秋收下来，一个多月的时间，使它们心惊胆战，无处可藏，连白日惯常的餐饭都改在夜晚应急一下。现在好了，庄稼人怀揣着今年的收成都猫在家里一门心思为越冬做充足的准备，还野兔家族一个清静。野兔可以用鲜嫩的冬小麦果腹，或者吃腻了冬小麦，再拿衰败的野草换换口味。无论怎么说，它们不必为一日三餐而愁肠百结。

普照万物的阳光丧失了夏秋的炽热，像刚刚患了一场重感冒，用红肿的眼睛打量着变了模样的黄河滩。天上的云翳摊开成薄薄的一层，清晰透亮，蝉翼般指向遥远的天际。秋后降落的天丝被风吹起，悬挂在树梢上，遗落在田间地头，像废弃不用的蛛网。

自然界像赶着马车的车夫般微笑着，沿着季节既定的轨道，轻车熟路地向前行驶着。该冷时冷，该热时热，一切都是约定俗成，没有丝毫的悬念。勤勉不息的北风把秋季遗留下来的枯枝败叶一扫而光，为冬天的登场准备好舞台。

　　夜里，愣头愣脑的北风像被拒之门外饥饿难耐的乞丐，把院门拍得咣啷啷直响，沿着墙壁上的缝隙，一身冰冷的北风拼命朝屋里钻。不仅偷光了屋内的热量，把巨大的寒冷释放出来。说不定，等北风停止的第二天，一场雪就铺天盖地地降落下来了，把村庄覆盖得严严实实。

一阵风刮过村庄

　　说不定啥时候，一阵溜河风会闯进村庄。像多年不走动的亲戚，凭着往昔的记忆，哆嗦着手指忐忑地敲响门扉。

　　在北李村的大街小巷走动的时候，我的脚步轻了又轻，生怕惊动了落在地上的尘埃，还有被尘埃裹挟起来的纷乱的往事，在浑然不觉间唤醒我的记忆。眼下的日子都过得颠三倒四，我不想再被陈年往事束缚住手脚。我把抛弃的痛苦，遗留给往昔；把收获的快乐，带进未来。

　　但也有一厢情愿的事，搀扶着我的童年走过的老屋，熟悉的街道，总让我触景生情。往事像个倔强的孩子，可着劲向脑子里钻。于是，我想排子车走过土路时发出吱吱的声响，想淡黄色的枣花把村庄的三月装扮成一个内容迤逦的梦境，想得更多的还是爷爷走动的身影，奶奶看到我回家时露出暖暖的笑意。

　　棘手的农事多得想不完，累弯了爷爷的脊背，熬白了奶奶的头发，仍是理不清头绪。在邦静家屋角的石磙上坐下来，我会继续冥想一阵子。我想爷爷铡草时铡断四根手指的痛楚，穿过几十年的风雨，蔓延至今；想起收到奶奶去世的噩耗时的悲伤，会让我的余生惆怅。冥想是一根绳线，把往事串联成无法示众的项链。我想把冬天的夜想长，把夏天的夜想短；把堤南的地想短，把狭窄的粮仓想长。把冗长的日子和昏沉的岁月想成薄薄的蜜蜂，轻盈地舞蹈在缀满鲜花的黄河滩。

春天稚嫩的叶子说一句什么笑话，就把满草滩的花儿给逗笑了，好看的模样，宛如被黄河水滋润过的女孩子。

村东头的人和村西头的人，在同一个叫北李村的村子里与光阴对峙。村南头的人和村北头的人，在堤南的同一块土地里刨挖着一生。早晨，人们沿着土路走向堤南的黄河滩；傍晚，人们再沿着土路返回村庄。脚印、家畜的蹄印纷纷乱乱地叠加在土路上，像落下一层层的尘埃。走着走着，很多家畜和人便在这条土路上消失了。然而，明明灭灭的往事，遗落在人们的记忆里，就像一层厚厚薄薄的秋叶，遗落在去年落过的地方。

我知道每逢黄昏时分，村西的苇塘里便响起婴儿啼哭般的蛙类的鸣叫；哪棵树被过往的溜河风刮歪之后再也没有挺直腰身；家前的文香大爷喝点酒就在胡同里拉醉拳，满河滩人都劝不下。还知道哪年的麦子正开花时，饱受雨水的侵扰，造成一度减产，母亲为之垂泪。谁家夜里遭到贼，全村的人和狗都跟着喊打嘶叫。

北李村是我居住的村子，人丁三百口，在小小的舞台上轮番上演。溜河风把孩子吹大，太阳把人晒老。夜里的狗叫声，把睡梦中的人们吵醒。奔波了一天的太阳，到傍晚就苍老了许多，滑过一排排的房屋和树梢，停驻在被雨水冲刷过的残墙上。

我和村庄成长的步伐是一致的，我比村庄长一岁，村庄便比我老一年。乡亲们在这里居住下来，如果土路足够牢固，房屋足够结实的话，像一棵树不挪窝住上一辈子。他们今天种植一棵庄稼，明天薅一棵草，后天把树上落下来的叶子清扫干净。收割麦子时，把锈迹斑驳的镰刀磨亮，等收割完毕，再把磨钝的镰刀挂在窗棂上，收藏好。他们的一生四季，被看似不起眼的日常琐事填塞得满满的，直至终老。乡亲们不求大富大贵，但求小富即安，但岁月有时伸出一只突兀的手来，把他们平静的日子击碎。

冬天依偎在南墙根晒太阳的老人们，看似一截没有生命的枯木。春天来，与他们无关，没有一片要萌芽的叶子；秋天去，与他们无关，没有半颗收获的粮食。他们在生命的尽头，越往后活，除了一大把年纪和疾病，几乎一无所有，仍然对村子里的一树一木、一人一物，产生无限的眷恋和念想。溜河风掠过他们苍老的头顶，把被霜迹染过的脑袋吹成一棵棵在风中摇摆的猪毛草。

一阵风从黄河滩刮过来，漫过大堤，一直在村里蔓延。把村里的劳力刮出去，把村外的女人刮进来。把村里的树叶和枯草刮出去，把村外看着眼生的东西刮进来。和别的村庄连接在一起的不仅有鸡鸣和狗叫，还有土路和女人，这并不比被溜河风吹到堤下的落叶更显眼。

早晨，我扛着铁锨走出院门的时候，被轻雾笼罩着的村子还没有完全醒来；傍晚，天色渐渐暗下来的时候，我迎着漫天红霞，又扛着铁锨走进村口，看着家家户户的屋顶上都竖起一棵棵的炊烟树。一阵从村子里刮来的风迎面扑来，我嗅到风中夹带的沙尘和炊烟的气息，这些熟悉的村庄味道让我动容。

对我来说，除了味道，其余的一切都是陌生的。弥漫着残霞和炊烟的村庄像一幅江南水墨，土路变短了，房屋变矮了，阴森的树木像潜伏在暗处的猛兽，伺机向我发动袭击。

望风而长

很多年前，祖先来到世上，感谢他们不仅开拓出一片让我生活下去的故土，还为我不厌其烦地塑造了众多亲人，使我在世上不再孤单，一出生便拥有很多血脉相连的至亲。后来，走着走着，我的亲人们如朝开暮谢的樱花，在昼夜快马加鞭的溜河风中，四处飘散，了无踪影。我生命中只剩下一些无关紧要的事物出入来去，朝不保夕。

从懵懂起，当早晨的一缕朝阳把我唤醒，那些日夜为棘手的农事操劳的亲人已扒拉完早饭，匆忙扛起锄头或铁锨爬上村南的黄河大堤向堤南的田野走去。在正南、刀把和坝窝等田地里，诠释着活着就要劳作的生命意义。当太阳从东山跑到西山，炊烟树举起黄昏的旗帜，渐渐四合的暮色提醒亲人们该收工回家了。在苍茫的暮色中，我坐在大门墩上，翘首顾盼，极力分辨他们淹没在夜色中的身影。他们似乎挣脱周围的黑暗，拖着农具和满身的疲惫，才走到我面前，伸出拓印着锄光镰影的手掌，爱抚着我的脑袋，像在田间地头抚摸他们疼爱的禾苗。

很多时候，我都一厢情愿地认为，他们年长，我年幼，我们生来就是一家人，纵然再大的溜河风，也不会把我们吹散。在水流花谢般布满补丁的日子里，我带给他们一丝慰藉。

在岁月的河流中，土路比人更耐老，一茬又一茬的人丁从此走过，坑洼不平的路面上只不过多了几粒家畜的粪便和大车小辆走过的辙痕。从北李村通往堤南的那条短促狭窄的土路上，把年轻人拖累到老人的行列，使他们步履蹒跚，两鬓斑驳，豁牙漏齿，年老体衰的模样，一度让我怀疑他们未曾年轻过。我在他们关切的目光中迟缓生长，他们在我关爱的目光中迅速衰老。在他们漫长而短促的一生中，究竟要完成多少茬的农事，要应付多少次风雨，才不至于在终老的那天，愁肠满腹，久久不愿咽下最后一口气息。

年迈的亲人逐渐从劳动的队行里被替换下来，但放下就手痒的农事，令他们一时难以适应。袖手在家的日月，一时三刻也不舍得适闲，侍弄一下绕膝的儿孙，或做一点力所能及的琐事。当黄昏来临时，他们翻过黄河大堤，走近堤南的田野，嗅一嗅土地芬芳的气息，再用结满茧花的手掌，触摸一下庄稼稚嫩的面颊。跑风漏气的嘴里还喃喃自语地祈祷着，来年里风调雨顺，五谷丰登。

犹如一棵滞留在冬天的树，年迈的亲人被一场突如其来的严寒隔在昨晚，像一截枯树桩躺在柳木床上。不再发出丁点的声息，甚至不再咳嗽，不再流淌涎水，也不再在寒冷的夜里淋淋漓漓地撒尿。我知道他（她）再也不会醒来，也不会隔着老远就大腔小调地喊我的乳名，再也不会领着我去面阳的堤坡上捉蚂蚱，像暮春时节藏匿在堤北的残雪，随时被一场溜河风裹挟而去。三天后，在一个下午，我和众多亲人哭哭啼啼地把他（她）送入老坟。拉着长音的哭声被过路的溜河风传颂得四处开花。

每个人在世上或长或短的光阴，都会随着去世，把人生的全部要义浓缩成一抔杂草滋生的黄土，静卧在岁月落寞的风尘之中，任凭春去秋来，断不会花谢花开。时隔多年，风吹雨淋的缘故，当膨大鲜活的坟茔变得低矮卑微，失去了敬畏感。不时有吃草的羊群，地毯般地掠过杂草滋生的坟堆；不时有赶路疲惫的行人，拐进来坐在坟头的一棵柳树下，歇息片刻，抽一袋烟，再继续赶路。

执意把家迁往坟墓的亲人，不惜把自身变成一根上帝的拐杖，明确地给我指引出，当一个人从青年到暮年，从大步流星到生命终结时，是一件令人黯然神伤的事。若干年后，希望等我苍老得和他们一样时，也能够学会坦然地面对生活强加给的厄运、疾病、皱纹和衰老。不再悲观，不再失望，以曾在世上活过为荣。

当最后一个亲人离我而去，我在夜里已经艰于呼吸，再也无法酣然入睡。我索性披上外衣，推开屋门走进冷清的院落里。四周一片静寂，只有远处村落的起伏不定的鸡鸣和狗叫声，相闻其间。之后，注定空荡荡的院子里又少了一个我熟悉人的双脚摩擦土地的足音。他用过的镰刀弯腰驼背地挂在窗棂上，在月光下分明而清晰，像是在等待未曾远去的亲人，重新将其攥在手里，拖沓拖沓地朝堤南的麦田走去。我走过去，把木柄光溜润滑的镰刀紧紧地攥在手里，我触摸到了一个老人生命中最后的一丝体温。等清晨的溜河风吹拂而过，这点暖意也会飘散在风里。

我知道，今后再也没有人种粮食给我吃，平心静气地任由我乱发脾气。在以后的日子里，失去亲人的一路相随，尽管路途泥泞，我只有孑然而行，望风而长。

风吹村庄

　　吹起枯枝败叶摩擦地面的声音好像是溜河风接近村庄的脚步声，沙沙地从村南口的黄河大堤，穿街越巷一路北行，很快到达村子北面。

　　风吹进村庄时，北李村像迎接一场即将启幕的大戏，静悄悄的夜晚顷刻间变得热闹非凡。先是四周邻家的院门被拍响，像玩了通宵牌的男人被狠心的女人拒之门外。等溜河风丝丝溜溜地灌满院子，接着传来一连串依墙而立的农具被掀翻倒地的脆响。接下来，厨房未关严的门被猛然推开撞击墙壁时，发出一声沉闷的钝响，如同招来一群偷东西的贼，在各家各户翻箱倒柜。此刻，鸣叫得正起劲的虫蚋都识趣地闭上嘴巴，生怕祸从口出惹来是非。

　　紧接着，醭土、梦魇、用旧的塑料布等一切轻飘飘的东西都被风裹挟着掠过村庄的上空向北飞去。在风吹过村庄的夜里，我睡意全无，躺在床上想象自己正躺在浊浪翻滚的河面上的一叶孤舟上，湍急的河水席卷着漂浮物正飞速地从我身边飞驰而过。

　　等溜河风渐渐远去，醭土落地后，一度屏气凝神的公鸡、蟋蟀和蝈蝈，继续吹拉弹唱起来，用天籁之音把村庄的夜晚装扮得活色生香。

　　错落有致的房屋、站立起来的树木和堆砌在街道两旁的麦秸垛都挺立在风穿行的路中央，不时拉扯一下风的衣袖，磕绊一下风的脚步，使溜河风放缓呼呼行走的速度。

　　推开门迎接风时，其实啥也没有。只有溜河风所到之处，把街道打扫得光滑滑的泾渭分明，连平日里常见的草屑、干燥的羊屎蛋都被风一扫而光。

　　溜河风像一把梳子，隔三岔五把乱糟糟的北李村梳理一遍，使晨暮、砖瓦、枝条、街道和歪歪斜斜走在街道上的老人都变得井然有序。

　　风吹过村庄时，会把堤跟附近屠宰厂的血腥味带进村里的角角落落，使夜里一个个单调乏味的梦境变得狰狞恐怖。第二天，见到屠宰厂的老板，很多人都会戏谑着说："又白吃了你们家二两血豆腐。"

　　不记得有多少次了，溜河风在夜里吹彻村庄时，贪活的父母不舍得放下手中的锄头，从河边的田地里没有回来。我和弟弟像一对受惊的小兽蜷曲在被窝里，不敢轻易睡去，睁大惊恐的眼睛甚至连大气都不敢喘，耐心等待着父母推开院门的声音，适时制止住溜河风带给我们的恐惧。然而，父母亲推开院门，把农具靠在墙上并伴随父亲轻微的咳嗽声，等了很久都迟迟没有响起。溜河风偶尔把街道上夜行人的脚步声送过来，等靠近我家的院门时没有停止，又渐渐走远，像河面上漂浮的河柴一块接一块向河心漂去。让我和弟弟空欢喜一场。

　　溜河风就这样一年又一年地吹着，久远的村庄和童年被吹得下落不明。

第三辑

北李村

躺在麦田里的祖先
冬日阳光下的爷爷
老户人家
父　亲
…………

躺在麦田里的祖先

　　一个秋日的黄昏，当祖先把深秋的最后一粒粮食颗粒归仓，当他把来年的最后一粒麦种深深埋进翻腾着的麦田里的时候。祖先最后一丝力气被土地抽去，便老了、累了、病了，一个个最后或安顺或无奈地辞别人世，谁也没能摆脱生命反复无常、枯荣自守、顺道而去的宿命。丢弃的肉体极不负责地交付给时间，最后被厚厚的原木紧紧包裹着，把自己当成一粒干瘪的种子植入黄土，植入麦田。

　　把所有的恩怨情仇、风光荣辱全部带入黄土里，带进时间深处，最终融合为泥土的一部分、麦田的一部分。再培上厚厚的黄土，他们便与放下就棘手的农事为伍，背过身去就与牵肠挂肚的庄稼为伴了。祖先生前的种种如意、是非、争端、纷争、恩怨和计较，统统化为尘埃，化为子孙后代逢年过节时奠念他们的一炷炷香火、一场场祭祀。

　　围裹着祖先肉体的坟墓隆起在麦田的中央，新鲜的孔武威严，破旧的矮小卑微。厮守着把自己的生命煎熬得面黄肌瘦的土地，我感觉祖先并没有走远。他们只是去路途较远的女儿家串一趟远门，或者在拾庄稼的路上，身体乏了，靠在哪棵歪脖子树下小憩片刻。他们短暂的一生被烦琐的农事摩挲成一枚瘦骨嶙峋的鳞片，以他们灵魂的磷和腐朽的肥，滋养生于斯安于厮的黄土地。

祖先依稀的背影离村庄远了，离子孙遥望的视野远了。但祖先曾经给过路的风讲述过的鸡零狗碎，就像大堤南麦田里的麦子，割也割不完。夏荣秋枯，总是在草长莺飞的季节里葳蕤着拔节、抽穗、扬花。每一次讲述像陈放时间不同的古酿，别有一番滋味在心头。溜河风没有停息的时候，在银亮银亮的月光下，一河滩的麦子又骚乱起来，在摩挲的风声里奏响生命的风笛，心灵早已跑出了草肥水美之外。

把祖先安葬在留下锄光镰影的麦田里，就像葬在子孙触手可及的地方。经过风吹雨浸变得不再巍峨的坟堆，像祖先被农事压垮腰身的背影。割麦子割累了，想费力直起腰身，用手狠劲地捶捶，还是不顶用，索性把锄把横在坟墓边，用手支撑着田埂，小心翼翼地把酸痛的屁股放在锄把上坐下来，卷一只喇叭筒纸烟，再喝一口水罐里的水，用粗布袖口擦巴擦巴嘴。与麦垄里鬼鬼祟祟的蜥蜴可以进行片刻的直视，可以像烈日下的麦田一样沉默，也可以与身边的祖先共同回忆那些险些被尘埃覆盖的细碎琐事。

祖先一垄一垄地被岁月收割，孩子一茬一茬地随风而长。曾几何时，春节时跟在长长拜年队伍后的小尾巴，已茁壮成支撑门户的当家人。村庄里的时序还在延续，但他们拥有自己的生活方式，有的忠诚于祖先侍弄过的黄土地，有的背叛了村庄古板的模式，在外地挥洒着爱情和汗水。一辈人一辈人的更替交接本来显得岁月无情。可是看着那些在街面上走动的年轻人富有稚气和活力的面孔，让那些已经长眠于麦田里的祖先血脉延续，是一件多么令人鼓舞和欣慰的事啊。祖先以生命的另一种状态存活着，成为麦田和黄土地的一部分，他们所蕴涵的精、气、神滋养着一个家族的血统和人脉，滋养着后代的延续，也支撑生命的走向。

成年的孩子们试图回溯家族的血脉之流，试图寻找祖先在麦田里劳作后留下的那份辛酸。可是,时间之书的页码早已被好事的风随意翻过,麦田里除了那一排排光秃秃的麦茬直视苍天,麦垄里收敛折叠着被雨水抹去棱角的足印外,汗水早已被风干成淡淡的盐分。年年岁岁月相似,岁岁年年人不同,挂在地头杨树梢上的月亮也许是唯一能够见证祖先曾经挥汗如雨的心酸的。

掩藏在麦田里的坟墓,过不了多久,会被狗尾巴草和抓拉秧给占领。再过个一年半载,祖先萎靡不振的坟头上一棵棵的枸杞树会华荫如盖,夏秋两季便会挂满了一串串像一盏盏小小的红灯笼一样红红的枸杞果实。莫非它们在每个夜晚都如期亮起,给老眼昏花的祖先照亮回家的路。反正村庄离麦田并不遥远,翻越黄河大堤就能看见在月光下被屋顶高举的烟囱。其实,指向村落的土路,早翻来覆去地被子孙一遍一遍地踩熟。坟边也有搬仓鼠的洞穴,它们除了不停歇地夏天搬腾麦子,秋天搬腾黄豆和花生外,心情好了,极有可能充当祖先的信使,给祖先报告墒情和庄稼的长势。

繁碌的双抢过后,麦子收割了,麦田要耐着性子闲上一阵子。田间除了长势旺盛的田界树之外,没有什么植物来陪伴祖先了。祖先的心情估计像空落落的麦田。运气好的话,一只被猎狗或猎人追得急匆匆逃遁的野兔,蜷缩在坟头的乱草窝里藏匿一会儿,等风声松了,再去河边的红薯田或白菜地里藏身。一场麦收,对野兔来说,无异于一场灭顶之灾。好操心的祖先,为野兔操了不少心,咬牙切齿地恨滥杀无辜的子孙,当他们的私欲膨胀到极致时,就会遭到报应。

祖先已经把家迁到麦田了,那一抔抔黄土堆砌的坟头,如同静放在麦田里的一部久远泛黄的线装书,让我烦躁的心态在尘世繁华名利之间有了些许淡然镇定。躺卧在麦田里的祖先是我生命的源头,我只是一条暂时游走远方的支流。知道百年之后,我的肉体也会被这样的一抔抔黄土容纳。不管我以什么方式来到这里，我都会坦然地接受墓地的荒芜和生命的无常。当阳光普照在我的坟墓上，那时刻，我蓦然感到，我的五脏六腑，火一样灼热骚动，像被春风唤醒的种子般萌芽，之后开花，之后结果，之后把我涅槃成麦田里一帧美丽的风景。

去年春节，我代替父亲去祖坟上请祖先回家过年。只见坟墓四周被残雪覆盖的麦苗失去了春夏的绿意，暗淡枯黄，了无生机。我在他们的坟边——给他们斟一杯酒，放一挂鞭炮。"太爷，太奶，回家过年去。爷爷，奶奶，回家过年去。"我嘴里念叨着临出门时，母亲教给我的话。在鞭炮炸开的清香里，我给祖先一一磕头，当结满薄冰的黄土地承接了我的双膝，我看见残红遍地的炮衣，被向北的风席卷一空。那估计是祖先与我阴阳相隔的四处漂泊的灵魂，默默地注视着我们，祝福着我们。

冬日阳光下的爷爷

　　爷爷晚年的身体被脑萎缩腐蚀后，他生命尽头的日子基本上是在冬日阳光下度过的。他端坐在一把老圈椅上，椅子上托付着爷爷病体的部分垫着棉被，头顶上是冬日晴好的阳光，爷爷坐在上面，很安详，也很平静。因为患病的缘故，他的头部稍微往右倾斜，打盹时，歪斜的嘴角会流出一丝牵牵连连的涎水，银亮银亮的，在阳光的映射下熠熠生辉，似乎里面有一处我未知的世界。

　　爷爷精神好时，就在阳光下翻翻线装本的《三国演义》，这是爷爷一生中的最爱。爷爷爱读书，更爱读历史书。这五卷本的《三国演义》不知道购于何时，他到晚年不能行走时，便戴着老花镜，双手哆嗦着捧着研读，把纷扰的时事统统抛在脑后，完全沉浸在罗贯中构创的"一个波澜壮阔的历史时代，再现了群雄逐鹿、斗智斗勇的一个个精彩瞬间"的世界中打发自己最后的岁月。有个近门的大伯曾经善意地嘲笑过爷爷："你除了会看看书，还能干什么呢？"

　　爷爷不宜久坐，也不宜走长路。阳光明媚时，奶奶就把爷爷从堂屋里架出来，迈过五六个台阶，在院子里活动一下筋骨，晾晒一下太阳。有时我恰巧赶上了，就帮奶奶把颤巍巍的爷爷架出来。起先爷爷眼皮塌眯着仰躺在堂屋里的椅子上。直到我俩把手伸到他的胳肢窝里去架他，他才勉强睁开眼，交替着看看奶奶和我，每次都嘟囔："唉，老了，老了不中用了，反而成了累赘。"患病后爷爷的身体僵硬了许多，不再柔软活泛，像消耗掉生命最后一点原料的机器，腿脚形同虚设，基本上使不上力气，瘦骨嶙峋的手狠狠地抓住我的胳膊，生怕我架不稳，把他闪在地上。他在我和奶奶的搀扶下非常吃力地站起来，仿佛他身体的全部重量都拜托在四只胳膊上。看到患脑萎缩的爷爷行动迟缓，我真为奶奶担心，每次怎么把爷爷从堂屋里架出来，晒完太阳后，再把爷爷架到堂屋里，来回反复要费多大的精力和耐心啊。

那是一块阳光充足的去处。冬天，爷爷就笑眯眯地坐在院子里，背后是红砖绿瓦的堂屋，西边是低矮的墙头。墙头上布满了苔衣的绿瓦垂着耳朵，似乎在倾听着村庄里幽深的秘密。刚过六十的爷爷通常一个人歪斜着脖子坐在圈椅上，呆愣愣地晒着冬天的阳光。他一个人很少说话，只是静静地沐浴在冬日的阳光下取暖，像卑微的臣民接受皇恩的浩荡。

每次去爷爷的院子里看他，我首先把目光放置的就是爷爷经常晒太阳的地方。喊一声"爷爷"，他就很灵敏地扭转过头来望着我（爷爷尽管患脑萎缩了，但他的听力一直出奇地敏锐），长期在屋里捂得惨白的脸上就会绽放车矢菊般的笑意。爷爷"走"了以后，我每次去他的院落时，感觉爷爷经常晾晒阳光的地方，显得空落落的让人心慌难受。

脑萎缩像一个长久不大走动的远亲，隔几年就光顾一次北李村。每光顾一次，就会牢牢揪住一个无辜的老人不放。先把他的神经腐蚀得四肢麻木，然后是行动迟缓，最后几个月把他硬生生地拖到坟墓里。北李村有好几位老人先后患了脑萎缩渐次远去，近门子的文斌大爷，刚走了没几年的二更大哥，都是典型的脑萎缩病例。可能与他们的生活习性有关，这个无据可考。爷爷患病不是平白无故的，患病前，有一次骑自行车，因路滑翻倒在土路旁的河沟里，连惊带吓从此便一蹶不振，患上了脑萎缩。

想想看，人这一辈子说短也不短，说长也不长。一株院子里的老树能把人从小看守到老，两张饭桌就能打发掉人一辈子，同样三把铁锨也能消耗尽人漫长的一生，更不消说结实的宅基地和坚固的老屋了。人说老也就老了，就像一棵年迈的树木，风吹雨打电闪雷鸣都经历过了，但它的生命经受不住一个冬天不动声色的煎熬，所以，它的生命就经常阻隔在一个冬天的外面。

人老了，但阳光一直不老。爷爷走了，但爷爷曾经在阳光下给我讲述的故事，依然在阳光中升腾，像极了一朵一朵的秋菊，缓慢地缓慢地，在我心田里开成一片又一片的绚烂如花。如今，爷爷乘鹤西去，阳光依然还在，阳光倾洒一地的院落还在。每次看见那个空落落的地方，我心里就油然而生一阵痉挛，倾斜的泪水覆盖眼帘。有时我臆想，爷爷生前的冬天晒过太阳的事实，此刻已变得离我很远很远，远到自己认为那只是一种幻觉。

在黄河岸畔的乡村，冬天晒太阳是一种朴实无华的享受。避风的南墙根，阳光富裕的地方，聚集的老人也最多。早晨九点以后，日出东方，把吉祥的光芒洒满了整个村庄，村里村外便金灿灿的宛如仙物。等太阳爬到一杨树高时，把残存的寒气撵得远远的，不见了踪影，于是气温越来越高了。老人们坐着马扎，或者没有马扎的，索性脱下自己的一只破棉鞋垫在屁股下面，靠着阳光充足的南墙根晒太阳。老人们大都抽不惯成盒的纸烟，肩上背着盛装烟丝的烟布袋，手里握着玉嘴竹杆的旱烟袋，烟嘴儿偶尔裹在哆风漏气的嘴里吸几口，就有青烟从鼻孔里、从干瘪的嘴唇边冒起来。他们开始在明明灭灭的烟雾中打捞往事。

他们都是土生土长的黄河滩人，小时候一起光着屁股在黄河里摸鱼虾，大的时候一起在场院里干农活。几十年呼啦啦一下子过去了，说老就老了，老了就在一起晒太阳。曾经也因为扩张宅基地和争抢地边子争得脸红脖子粗或者动手打架，但过去的恩怨，到如今没了争强好胜，只有如冬日阳光一样平和安静。也许会有一天，其中一位老人没有按时出来晒太阳，等其余老人都到齐了，就相互附耳打听，一般第二天就知道确切的消息了，或者病了，或者永远不会出来晒太阳了，于是唏嘘一阵，哀叹生命的短促，抹擦抹擦浊黄的泪花花。等到老去的人三日出殡的时候，就没有人在这里晒太阳了。辈分小的去吊个孝，平辈的也要作个揖，长辈的不需要张罗也要去主家坐一坐，死者为大，好歹也要送一程。谁知道下一个轮到谁呢？

在冬日阳光下聊天，也没有个正经的主题，想到哪里就聊到哪里，聊到哪里算哪里，像庄稼地里一年四季的农活，没有开头没有结尾，有时还前言不搭后语。有时闲谈一个接一个从各自的嘴里蹦出来，从天上扯到地下，从国内扯到国外，从当今扯到古代，白天扯到黑日。有时候却又沉默好大一阵子，谁都不吭声，就这么坐着，让阳光在他们身上缓缓地流淌。

聊天聊累了，就眯上疲惫的眼，倚靠在南墙上假寐一会儿，很舒坦地打个盹。似乎瞌睡也会传染的，等一个老人睡了，其他的老人也便一个接一个张大了嘴巴，哈欠连声。有时候，墙根下一溜老人都睡着了，有的还肆无忌惮地打着呼噜，高一声低一声像交响乐。有一个老人流出涎水，晶莹剔透的涎水顺着花白的胡子往下流淌。

地上，不知谁家的黄毛狗，懒洋洋地摊开四肢，很惬意地晒着太阳。几只觅食的母鸡不知道在附近的麦秸垛下发现了什么，也许是一株经年的麦穗，也许是一只冬眠的虫子。它们便跳到一起挣来抢去，互不相让，强悍的张开了翅膀，扎挲着脖子上的羽毛。突然间，啄了另一只一口，另一只便就惊叫着躲闪到一边去，没想到呼扇的翅膀惊扰了黄毛狗的美梦。它猛地抬起头，朝惹事的母鸡很威严地吼几声，像在训斥母鸡的举止不合体统。

　　不知是黄毛狗的叫声惊醒了在太阳下瞌睡的老人，还是他们短暂的梦片刻间已做到了尽头。他们一个个揉着惺忪的睡眼，相互望望。流着口水的，怕见笑似的，赶紧撩起袖子擦擦胡子上的涎水，抿一下嘴，扶着墙站起来，揉揉腿或拍打着老腰。

　　睁眼闭眼间，一天就过去了。村里的日子虽然缓慢得宛如门前的黄河水，但时光的车轮毕竟在慢慢地向前走着。就在老人晒太阳的过程中，太阳渐渐西斜了，如同一个熟透的柿子挂在西边的树梢上了。毕竟是冬天，太阳一西斜，就失去了威力，气温随即就降了下来。

　　当冬日的阳光收回了温度和热度，像爷爷羸弱的肉体生命如同阳光消失一样。只是爷爷不知道，他曾在冬天院子里晒太阳的地方，成为我心中最大的疼痛。在院落里，有爷爷的生命最后停驻的阳光，还有蒸腾的乐曲，永远定格在那里，我看不到但我听到，它们会永远地存在着。

　　这时，屋顶上的烟囱里，升起了袅袅的炊烟，像房屋长出一只只温柔的耳朵。该回家吃饭了，坐马扎子的，合上马扎子；坐在自己鞋上的，穿上自己的鞋。直到起身离开时，还夸张地拍打着沾在屁股上的醭土。于是，尘埃被阳光蒸腾了，一个又一个的细小芥尘在光线中舞蹈。

老户人家

　　燕子这种温驯乖巧的小生灵，在选择主人时，显得精明狡黠，是慎之又慎的。燕子喜欢在老户人家的房檐下垒窝筑巢，这是有原因的，首先老户人家在村里待得年深日久，比较牢靠，省去了连年搬迁筑巢的麻烦；另外，老户人家的孩子总是谦虚礼貌，少了日常的欺扰。

　　在北李村，我们算是为数不多的老户人家之一。尽管在这里落户的时间并不是太久，从爷爷的父亲，也就是我的太爷起到我这辈总共才四代。四代也就是短短的六七十年，在时间长河中仅仅是短暂的弹指间。从濒临黄河堤南的黄河滩搬迁到堤北的北李村，往北移动了两三里。于是，重新划分好街道，按人丁分批了宅基，种植了树木，用土坯盖起了一个簇新的村落。黄河滩绵延数百里，随便划拉一个地方就能容得下一二十个村庄，谁也不愿意一年四季饱尝黄河水的戏弄，眼看快到嘴边的庄稼悉数被河水吞噬。于是索性从堤南搬到堤北，由黄河大堤做屏障，以后的日子定会五谷丰登，人丁兴旺。往北移动了两三里，对一个村庄来说，那是可以忽略不计的位移。

　　村子移过来了，一同移过来的还有原先的村民和平时惯用的农具家什，但有些东西和少数被黄河溺毙的人会永远滞留在黄河边。滞留在人们记忆中的东西，会萌芽、抽穗、扬花，繁华成一片虚空的森林。一些摸清脾性的农具，比如断了帮的排子车、磨成银白色的铁锨、弯腰驼背的镰刀和一截拴过好几头牛的缰绳，都会在房子起来后，像是经常走动的亲戚在老户人家的院子里各就各位。

当然，等村落初具规模后，你会发现一些新搬迁来的住户，我们称之为外来户。他们并非李姓，或者姓张，或者姓王，或者姓殷，至于他们为什么背井离乡，到北李村安营扎寨，原因显得扑朔迷离，难以猜度。他们添置的一切农具都是新崭崭的，带着重获新生的希翼和展望。外来户一般发棵不旺，在村里为人行事小心谨慎，做人低调谦卑，对老户人家的大人小孩都敬让三分。就是在胡同里遇到李姓人家豢养的家畜，都往边靠靠，乖巧地让道。

老户人家不是浪得虚名的，终究有许多称得上"老"的东西。

老户人家尽管不能称之为书香门第，但一定是耕读之家，懂得一些礼数谦和。春节，他们堂屋的正墙上，会把平时"深居简出"的李氏宗谱悬挂出来，接受晚辈的跪拜。箱子底下压着几本诸如《三国演义》《罗通扫北》《小五义》的线装书，这些书是当年"破四旧"时侥幸躲过火焰的肆虐，幸存于世的。

老户人家总有一两件老辈人流传下来的宝贝。这种宝贝不见得价值连城，但肯定接力棒似的留传了好几辈。这种宝贝可以是一把红彤彤的老式太师椅，虽称不上什么稀世古董，经历上百年时光如水的冲刷，变得古香古色，略带沧桑之感。也可以是一方古朴拙美的石砚，虽然没有名砚显得贵重，但一方石砚依然彰显出其特有的文化背景和时间要义。观瞻着这方石砚，仿佛能够依稀看到先祖端坐于桌旁手持毛笔临帖的剪影。

老户人家的当家人其实是全村老少爷们的主事人。当邻里之间发生大的纷争和小的摩擦时，少不了请老户人家的当家人出头露面，为争执的双方把一碗水端平，主持个公道。当街的水井里日积月累沉淀物逐渐增多时，总是由老户人家出面来主持年底的淘井清洗；当大堤上的马路被雨水冲毁时，也总是老户人家出面主持修筑。

当老户人家的孩子到了儿大当婚的年龄，媒婆出面牵线搭桥时，女方会问及男孩的家境如何。媒婆会满怀信心地拍着胸脯向对方打包票说："放心吧，他是老户人家的孩子。"

其实，老户人家是经过几代人不懈努力打磨的一张名片，应该像脸面一样去呵护，像眼珠子一样去珍惜。在北李村我们接过先辈的品质行走至今，那是我们滋养丰富的老家底子，那是我们在村庄里得以延续的招牌和口碑。在断断续续的溜河风和晨昏交替的年岁中，我们依稀看到上辈人行世的品质，像在纷乱的毛线团中，又找到它错综复杂的头绪。那是我们行走的勇气，那也是在黎明的微曦中在前方招展的旗帜，我们接过来，再传下去。

父　亲

　　父亲与黄河滩上所有的父亲一样，不善言辞，只顾埋头劳作，生活上的琐事能躲就躲过去，实在躲不过去都交给母亲来处理，自己推托得一干二净。当母亲手中积压的事情太多时，免不了会发几句牢骚："大事小事都让我来管，我也长了一颗脑袋啊。"

　　都快摸到五十边的父亲和母亲有时像两个孩子，因为一点琐事就拌几句嘴，有时吵得很认真，直至脸红脖子粗，谁也不肯让谁。但过不了吸袋烟的工夫，又和好如初了，平静得像任何事都没发生过一样。他们像一对错别字纠缠在一起，在一起别扭，分又分不开。

　　当我二十二岁上，比我小两岁的弟弟也闪了上来，个头比我还猛。看着两个半大小伙子，父母喜忧参半，那也是父母内心最为煎熬的一段日子。在乡村里，一般小伙子长到二十岁就该订婚，这是确定终身大事的年限，倘若再拖延下去，会耽误一生，严重的甚至连个媳妇都找不上。眼看别人家的孩子都是一个一个地订婚，我们家倒好，兄弟俩齐刷刷地都到了订婚的年龄了。弟弟早就下学了，我上了小半辈子的学，最后考得一团糟。是先给弟弟订婚，还是先给我订婚，这种选择把父母纠结得束手无策。

一些实在看不过去的乡亲都为父亲发愁："这下可把文海给愁坏了，两个儿子，既要订婚又要盖房子，需要几万才能摆平啊！"

关于去不去本市那所学校就读是我人生中首次遇到的抉择，若放弃吧，我十多年寒窗苦读的心血将会付之东流了；要去上学，首先要缴纳不菲的学费就把囊中羞涩的父亲给难住。记得在一个晚饭结束的时间，想让我继续读书的母亲试探性地对父亲说："你给小庆借点钱，让他去上学吧，到这个节骨眼上放弃了岂不是可惜。"父亲闻听此言，把碗里剩余的玉米糊糊吸吸溜溜地猛喝下去之后，把碗狠狠地掼在桌子上，又把筷子狠狠地撂在碗口上说："借钱，借钱，我去哪里给他借钱啊。"父亲的一句话，就把我上学的事搁浅下来，走一步算一步吧。我便听从命运的安排，先把眼前的秋收净再说，大不了在黄河滩刨挖一生，我又不是缺乏力气。

在黄河滩的田野里收秋的那段时间，我和父亲发生过几次不大不小的摩擦。父亲不是嫌我农活干得太潦草了，就是嫌我场院里的垛垛得东倒西歪，不要说是一阵微弱的溜河风就能吹倒，连目光都不敢盯得太紧了，似乎多看两眼就能把黄豆垛看倒。父亲嘟囔紧了，心烦意乱的我就不管轻重地顶撞几句，母亲因为我辍学原本心情不好，夹在我们父子俩之间很为难。不过，在黄河滩的田野里发生的那段极不愉快的时光，就像一页书，很快就翻过去了。后来我们渐渐长大，本来就干瘦的父亲的背驼得更厉害了。

眼看那年国庆节接近尾声了，三叔才给我筹措了一笔学费，使我一度中断的求学之路又续接上了。这样，也解除了父亲的燃眉之急。最起码我的婚姻问题在求学的三年内不用考虑，可以先把弟弟的婚姻大事解决掉，隔着篱笆跳墙把我直接越过去。这种做法，奶奶有点想不通，但反对无效，也就默认了父亲的做法。在父亲眼里，反正会让一个儿子娶一个媳妇，只不过是早晚的事。奶奶的反对也是有道理的，因为在济南小清河航运局上班的明山大伯，之前就是把大伯直接越过去先给父亲订的婚，把大伯给晾在那里了，直至他终生没娶没有留下子嗣，这一度成为奶奶的一块心病。每当个别乡亲在她面前说我和济南上班的明山大伯长相差不多时，奶奶心里都很不舒服，在母亲面前嘟囔道："难道我们李家上辈子出了一个光棍，下辈子再出一个光棍不成。"母亲听了心里更凄惶："别老了不中用瞎操心，他大伯是他大伯，小庆是小庆，他不憨不傻的怎么会打光棍呢？"

六年的时间，父亲给我们兄弟娶了两房媳妇，起了两个院落，加在一起不知是一笔多大的款项。看似完不成的事，父亲通过自己的努力和亲戚的帮衬，一步一步挺到今天。这几桩大事，想来是父亲一生伟大的壮举。父亲没有挣大钱的本事，有的是力气和时间，便把注意力放在田地上了。最多时，家里种了近二十亩地，坚持了有四五年吧，用粮食换卖成钱，渐渐把钱窟窿给堵得严严实实的。

其实，很多看似眼前难以完成的事，只要动手去做了，就算完成了一半。蚂蚁啃骨头的精神，在每个人一生要走的道路上，是不可或缺的。无论怎么样，命运不可能把人生口袋的两头都扎得严严实实的，肯定会给你的命运保留一个出口。

因为平时羞于表达自己，对我而言父亲是一本厚重的书，是一本穷尽我一生也难以读透的书。我和这个在一起生活了三十多年的男人之间，存在着一种既熟悉又陌生的情愫。除非喝下半斤小酒，他才能打开话匣子，滔滔不绝地述说作为这个家庭当家人的艰辛，述说他活得有多么疲惫。哦，原来这个沉默寡言的男人内心世界也是树脆草香，蛮丰富的啊。

每当父亲的话头像打开的水龙头一时半会关不上时，母亲就顺势打一下他的胳膊，嗔怪道："别说那么多话了，你看你，越老越憨，说那么多话干啥使。"父亲虽然不胜酒力，但酒风一直是我学习的楷模，在酒桌上几乎来者不拒，父亲经常被别有用心的人联合起来搞车轮战术，几个回合下来就被灌得酩酊大醉。父亲的醉态经常惹得母亲伤心流泪地说："你看这个憨老头子，喝那么多酒干啥，越来越没出息了。"

弟弟结婚两年后分家在另一个院里单过。现在父母和我这个小家庭居住在一起。每次回家，我都劝父亲少喝点酒，酒喝多了伤身体的，都是奔六的人了，不是壮年小伙子，在酒桌上不要再与年轻人逞强好胜。父亲酒喝得少了，但烟瘾还是有增无减，每天早晨醒来，在被窝里都要美美地抽两支烟，因为喝酒抽烟的事，惹得母亲没少发牢骚。

记得有一年春节，我和朋友在家喝蒙了，朋友借此递给我一支烟，我晕乎乎地接过就抽起来，适逢父亲从外面回来，看见从来不沾烟的儿子正在抽烟，一脸的惊恐。我把正抽的烟从嘴边挪下来，脸上堆满孩子做错事般的表情，有点尴尬。"你不是不抽烟嘛。""呵呵，喝高了偶尔抽一支。"我讪讪地答道。

写给母亲

可能是与母亲太熟悉的缘故，我一直不屑于把对她感念或埋怨的文字码放在纸上，这种很轻浮的不屑，可能是我懒惰的挡箭牌吧。随着聚少离多，加上母亲的身体经常发生短暂性的不适，以至于耳鸣眼花等症状总是伴随着她。母子连心啊，我对她的惦念也越来越多，打电话的次数也比往常频繁起来。

她辛辛苦苦养育了两个儿子，翅膀硬了以后，一个比一个飞得离她远。她上了年纪，不能帮她操操心，在她身边悉心照顾一下，抑或生病了带她去看医生，或者给她倒口热水，尽一点做儿子的绵薄之力。我除了平时给她挂个电话，回家给她买点礼物外，什么也没为她做过，想来真是惭愧难当。

今年麦口里，母亲在电话里流露出让我回家收麦的意思，我没有正面答复，只是含混不清地表示，到时候看情况再说吧，单位不忙了就回去。因为前阵子比较忙，也就放弃了回家的念头。邻里之间都相互帮衬，虎口抢麦的几天，瞬间即过。我打算国庆节休几天假，回家帮母亲收秋。秋季相较于麦季劳动强度大，周期比较长，看着父母在田间地头挥汗如雨，我也于心不忍。

作为一个农民的儿子，懵懂的年代，压根不理解母亲的良苦用心，就像黑夜不懂白天的白，白天不懂黑夜的黑一个道理。这种不理解堆积已久，有时会对含辛茹苦的母亲心生怨恨之情。我一直感觉自己在母亲的眼里，没有田间的一株麦子金贵。不要说秋收夏种的农忙时节，母亲忙得天昏地暗，就是农闲时节，她能恬静地坐下来稍息片刻的时候也少之又少。母亲的行为很让我费解，感觉她活在世上就是为了毫无休止地劳动。上初中时，我身体拔节成半大小伙子，就跟在父母后面干活了。夏天收麦，秋天收豆。早晨刚到地里时，朝阳如血，身上还有一股新鲜劲，但随着太阳慢慢攀升，温度也越来越高，身体里的水分和力气也被劳动抽丝般地消耗殆尽。熬到中午时，就有点讨厌毫无休止的劳动了，没有一点新意，没有一点激情。眼看着周围田地里劳动的邻居都回家吃饭了，母亲还依然用锄头扒拉着杂草，估计劳作了一上午，她也精疲力竭了，锄草的动作一点都不利索了，动作迟缓，有点拖泥带水。

早点回家吃饭吧，我在心里暗暗祈祷着。可母亲丝毫没有收锄回家的迹象，还在磨磨蹭蹭（原谅我把这个贬义词用在母亲锄草的动作上）地锄草。其实，一天拼死也干不出两天的活计，该吃饭就吃饭吧，吃饱饭可以延缓一下身体的疲惫，这样在地里干熬的话，劳动效率低不说，还让我滋生厌倦的情绪来。娘。嗯。回家吃饭吧。吃饭，吃饭，你就光知道吃饭，上午才干了这一点点活，还好意思闹着吃饭。被她毫无来由地训了一顿，我老实多了。那时，我对母亲心生怨恨之情，她光知道干活，一点也不顾及儿子的感受。

另外对母亲的厨艺，我实在不敢恭维，可能是传承的因素，或者一心惦念着地里的庄稼，无暇顾及嘴的感受。母亲对待吃食上的粗枝大叶，让我童年的嘴没少受了委屈。习惯使然，即使在农闲时节，母亲在做饭上也是潦潦草草，有点穷于应付的感觉。即使有了改善生活的肉品，也懒得花费功夫去做，这种习惯性的动作延续至今。举例来说，吃韭菜莛或者蒜苔时，择菜时就心不在焉，或者一心节俭不想浪费蔬菜，甚至把不能下咽的老莛都一锅炒了。到吃饭时，就不能大快朵颐，要有选择地吃菜，否则，把苍老坚硬的莛咬到嘴里时，就是嘴巴发力也咀嚼不动。吃面条时，为了省事，她连简单的葱花盐巴的卤都不打，让我们倒点菜汤充当面条的卤。那种清汤寡水的面条，根本一点滋味都没有，让我难以下咽。每次吃面条，母亲不打卤时，我就光喝点汤，我甚至日后到了害怕吃面条的地步。

以后出门在外，吃到兰州拉面、河南拉面、山西烩面、刀削面等面食时，才感觉美味的面食里，卤起到了至关重要的作用。和一个厨艺精湛的朋友交流时，才知道面食的卤是至关重要的。一个卤字，道出了这种面食制作的精髓。正宗的卤面条需乡间铁锅土灶，手工面条擀好后，按一层菜一层面铺盖铁锅中，菜可荤可素。灶内撤尽明火，只以燃后木炭余温来"炕"，看灶内灰烬要熄时，再用棍子拨弄拨弄，灰烬余热又起，如是三番五次，待炕得一锅面条焦黄扑香时才算做好，因为太耗费时间，今日人们再做道这面食时，都已简化，或者改良。

有时，在饭桌上会抱怨母亲做的饭过于粗糙。母亲却说，你白吃白喝的还嫌好道歹，不吃拉倒。长大后，有时和母亲开玩笑，笑话她不会做饭，她振振有词地说："我不会做饭，还把你们兄弟俩养得肥头大耳的。"时隔多年，蓦然回首时，想起《背影》中朱自清多次提及的那句话，"我现在想想，那时真的太聪明了"，不由得感同身受。曾经做过许多错事、自以为是的事、以自己狭隘的价值观去评价的事，不知多少次伤害过母亲。许多年前，我曾认为母亲平庸，没有文化。现在，我却觉得母亲的形象愈加高大，而且随着岁月的流逝，更加丰盈挺拔。

母亲已经在我不知不觉的成长中变老了，我更觉得母亲是受了大苦难的人。我时常觉得，为了母亲，我应该也可以忍受任何磨难。我应该多陪母亲聊聊，她的背部被劳动压榨得驼了许多，岁月的雪霜也慢慢攀爬到她的发丝上，她已经很明显地变老了。她这一辈子饱尝的苦难已经够多的了，该到终止的时候了。母亲上了岁数，身体每况愈下，心理也越来越脆弱。该去看病就要看，可别硬撑着。我怕她疼乎钱，一直在电话里这样劝她。尽管现在生活水平明显提高了，但母亲过惯了穷日子，对待自己依然是克勤克俭，能节省的钱坚决要节省下来。想想看，母亲对自己儿子是无私的，不舍得吃，也不舍得穿，虽然日子过得一贫如洗，但在钱财上从来没有让我为难过。在经济最为拮据的日子里，她从未开口向亲戚朋友们借钱，每每靠着自己的节俭渡过难关。

也许是收入微薄的原因，母亲除了和邻居说说话外，几乎没有什么朋友来往。她的生活单调、乏味，又没上过几年学，仅有的一点乐趣是看看电视。她只是尽力地料理好这个家庭，做好家庭主妇的角色。我常常觉得母亲的生活很苍白无力，日复一日，月复一月，年复一年，漫长得好像永远都没有尽头。

每次返京临行前，我心里就被怅然的思绪灌得满登登的。我事先把摩托车推到院子里，背着行李出门的时候，母亲就像一个犯了错的小学生，突然那么傻傻的，不知所措，心里好像纠结着太多的事情。母亲在一边站定，看看整装待发的我，偶尔向北望望通向镇上的路。

奔跑的时间似乎停止下来，与母亲分别的那一刻，我不知道该说些什么。母亲怅然若失的神情，母亲站定的姿态，就是一切的言语，代表了一个母亲对儿子的留恋与不舍。

娘，我走了，你回家吧。似乎我的安慰就是催泪弹，母亲控制不住自己的泪水了，为了不让我看到她在流泪，她背过身去抬起袖子抹擦着。现在真的和史铁生有种共鸣——"那时她的儿子还太年轻，还来不及为母亲想，他被命运击昏了头，一心以为自己是世上最不幸的一个，不知道儿子的不幸在母亲那总是要加倍的"。

村庄的草族

　　村庄是我们的，也是草的。在村里，草几乎随处可见，田间地头、屋顶瓦楞上、河道溪流旁、砖缝墙头间或大路的两旁，只要有立锥之地，草们就穷追猛撵地抓住机会，攻城掠寨，借此子嗣繁衍，种族蔓延。这里，你丝毫看不出草的谦和礼让的卑恭来。

　　别小觑卑微的草，它发起威来，所向披靡，村庄里几乎没有足以和它抗衡的事物。自然界的面貌，都是由微不足道的事物改变的。一月的时间，它可以把一条土路侵占；一季的时间，就占领一块麦田；一年的时间，它可以使一座院落彻底荒芜；十年的时间，它可以吞噬一座村庄。

　　在尘世间，大家聚族而居辈分分明等级森严，死后迁入坟茔也井然有序辈分明晰。这是人的礼遇和拘谨，草可不管这些。长在田地间的草丝毫没有看不起滋生在路边的草，秋天骨头长硬的老草丝毫没有看不起春天刚钻出地面的嫩草。爬上篱笆的草随风摇摆，立场不坚定，这似乎与草无关，都是溜河风犯上作乱的结果。

　　草和庄稼与生俱来就是天敌，这种约定俗成的爱憎，是庄稼人狭隘的意识划定的结果。这和一个母亲界定儿子好与不好，存在着骨子里的相似性。庄稼养活了一茬又一茬的生命，草也养活了一批又一批的生灵。其实，生命和生灵在大自然界中的地位是平等的，没有等级特权的界定。在黄河滩上，草、生命和生灵荣辱共存，望风而长。

草没脚，不能行走，但可以借助外力，从堤南迁到堤北，从村外迁到村里。蒲公英的种子很轻，可以借助溜河风的力量来传播；苍耳带盔甲的种子，能挂在牛羊或野兔等动物身上传播；豌豆的豆荚成熟后，饱满的豆粒就靠豆荚的弹性射出来；紫云英的种子则靠各处流浪的小鸟来传播。

春天来了，草的嫩芽从泥土里探出头来，怯怯的，带着一副乡下孩子惯有的迟疑、胆怯的眼神让人看着心疼。这些在坚硬的壳里禁锢了一个冬天的小生命，仿佛前世和墒情签了一份契约，它们在溜河风的搀扶下，齐刷刷地站立了起来。

庄稼人与草的感情颇为复杂，在草和庄稼争宠夺位的田地里，他们一直拉偏架。狠狠地打压草族的长势，给庄稼们施肥浇灌。而家畜们硕大无朋的胃口要靠各种草料来填充，盖房子搭屋顶也少不了草的帮衬。除此之外，晾干的草可以烧锅，从灶间伸出来的火焰里，弥漫着草生前的甘甜和清香。

草不像人，我见过几次就记住对方的姓名了。我在村子里生活了二十多年，一些看似很熟悉的草，至今也叫不上来它的名字。在狭窄的村庄里，草种类繁多，数不胜数，凭着我的记忆罗列如下：水败草、三棱草、狗尾巴草、稗草、牛筋草、抓拉秧、鸭舌草、蒲苇、马齿苋、苍耳、含羞草、车前草、苜蓿、驱蚊草、薰衣草、星星草等。

人生一世，草木一秋，没有谁敢说比草活得更久远。百年后的人，被一截圆木包裹着埋进了黄河滩，几年后，就成为泥土的一部分。而坟墓上的草，兀自随时序变化枯荣有致，该绿的时候绿，该黄的时候黄。

未曾谋面的先人

先人是一条离开村庄独自远行的河流，估计走得太远了，加上老眼昏花，脑子里装满沿途的风景，全然忘记了来路，于是稀里糊涂地迷失在离村庄遥远的地方。活着的后人，就像先人的河之源分岔的一条小小的支流，在先人迷失的村庄里，执着而迷惘地守望着，期待走失多年的先人在某一天天黑之前敲响院门，风尘仆仆地返回到我们的身边。

后人是先人血缘支脉的河流中薪火相传的继承者，倘若时光逆流，某一天，后人和先人蓦然邂逅，依稀似曾相识，肯定谁也不认识谁，尽管后人的血脉中澎湃着先人的血液，尽管他们都是家族链条中两个重要的环节。后人看着年迈的先人，觉得与自己的父辈在某些举止上有几分相似之处；先人看着年轻的后人，觉得与自己的儿孙在眉眼容貌上有几分相像的地方。他们都把对方看成镜子，一个人在另一个人身上看到自己的往昔，另一个人在一个人身上看到自己的未来。结果，碍于矜持，谁也没有先开口向对方介绍自己，只是满腹疑惑地对望了两眼，就双双消失在人流中不见了，从而失去了促膝交心的机会。

其实，虽说先人的足迹早已被历史的长河淹没，但他们也是家族的链条中延续下来的某一个环节，先人的上面还有一茬一茬的先人，就像后人的下面还有一茬一茬的子孙。活着的后人，由于年龄短暂，往上数，只与父亲、爷爷，顶多还有太爷打过照面；往下查，只与儿子、孙子，顶多还有重孙子有一面之缘。倘若一个人的寿命延长到二三百岁，能谋面的先人或子孙就可以往上或往下查好几辈了。上面能见到五六个辈分的老人，下面也能见到五六代的子孙，每天醒来，啥事不用干，看见自家活跃着满满的上百口之多的十代同堂，光辨认谁是谁谁，谁谁是哪个辈分上的，就会累得吐血。幸好，平常人只有七八十岁的年龄，打发上面的老人上山后，把下面子孙成家立业的大事都安排妥当后，促使家族的链条有条不紊地延续下去，自己再活下去有点不知趣了，趁早该把家迁居到坟墓里去了。

上辈和下辈，其实是我们的一面镜子。从上辈人身上可以看到自己未来的形态，龙眉皓发、枯瘦如柴；从下辈人身上可以看到自己往昔的影子，朝气焕发、纯洁无瑕。相反，我们也是照耀上辈和下辈的双面镜，从我们身上既可以看到上辈人的畴昔结局，也可以看到下辈人的未来走向。

不孝有三，无后为大。受传统思想的影响，我们很看重家族血脉的延续，倘若家族的链条在自己下一级脉络戛然终止了，总觉得自己失职，无颜面对先人，没有把先人托付给自己传宗接代的任务完成。

先人扛不住黑白无常的死缠硬磨，一个一个远去了，像一叶一叶的白帆消失在遥远的海平线上。倘若后人能在先人遗留下来的深宅大院里作息生活，也不枉是一件幸福的事情。

虽说先人早已乘鹤西去，但古朴陈旧的院子里，角角落落里都滞留着先人曾经生活过的气息，好像先人并未远去，只是让棘手的农事缠磨疲乏了自己羸弱之躯，此刻正躺在堂屋卧室里小憩而已。院子里，随处可见先人活动的痕迹，磨得溜光圆滑的青石板上面，还能隐约看到先人大小不一的布鞋踏过的足迹；有些年头的太师椅的把手上，尚留存着先人还没冷却的体温。

这只能是我们一厢情愿的幻想而已，随着村庄受到黄河威胁的日益严重，在频繁的迁徙中，老院落又不能随身携带，只有弃之不理，于是便挣断了与先人气脉上的牵绊。但先人生前曾用过的物件，尚能随身携带的话，还能够保存一两件为妙。几册线装书、一口宝剑和一把来历非凡的扇子。

在我们的记忆中留下影影绰绰印象的先人埋在柳树林掩映下的祖坟里，再往上数的先人不知道仙游何处。祖坟是我们家族的先人最后团聚的地方，你挨着我，我靠着你，按辈分渐次排列。生前讲究座次，死后依然，但看起来团团圆圆和和美美。人一死，被一土馒头包裹着，黑麦穗一样躺在祖坟里，就泯灭了生前的恩怨、纷争和名利。现在看来，生前的一切荣华富贵，都是过眼云烟。

在祖坟北面相距十几米处躺着另一座孤零零的坟墓，那是我英年早逝的大伯的坟茔。大伯由于生前没有结婚也无子嗣，失去了百年后归入祖坟的资格。我可怜的大伯，成了无家可归、被逐出亲情圈子，孤寂的、弱势的灵魂。生前孤零零一个人，死后也孤零零一座坟。

幸好，有传统的鬼节和春节等祭日，给后人和先人提供了一个阴阳相交的机会。唯有用如此朴素的祭奠方式，借以表达后人对血脉相连的先人们的思念和感激。然后说说淤积在自己心里的症结，说说难以排解的心事，也说说让睿智的先人福佑后代子孙飞黄腾达的心愿。尽管明知道先人也帮不上什么忙，不管怎么说也算是心灵的一种慰藉吧。

家族就像一条从远古跋涉而来的河流，我们只是这条河流上一条支脉而已。在这条河流上，进行着角色的变换。现在，我们是先人的子孙，若干年后，我们就成了子孙的先人。

村　庄

　　散落在黄河两岸的一座座村庄，好像千里跋涉的黄河，丢弃在途中的一个个包裹。倘若把黄河滩看成一块面包的话，那么排列其上的村落就是星星点点的芝麻粒。

　　黄河从门前流过，依黄河的走势蜿蜒而砌的黄河大堤绵延千里，是保护村落人畜的一道人工屏障。老人言，黄河大堤下面压着一条千年蛇妖，大堤有多长，蛇妖就有多长。为避开黄河泛滥的侵袭，村落在20世纪四五十年代从堤南迁移至堤北，紧靠在堤北因势而建。为避开黄河浪头对大堤的冲击，在大堤的低洼地段堆砌着六座坝头。坝头由不规则的石头垒建而成，原先石头散漫在坝头上，现在由洋灰抹缝，砌成规则的正方体。一溜排开，坦克一样护卫着黄河大堤的安全。

　　黄河大堤是田地和村庄的分界线，堤北是千巴口人丁的村庄邢仝，堤南是绵延千里的黄河滩。

　　李姓在邢仝的西边毗邻而居，组成了渺小的北李村。北李村南北分三条街巷，东西一条主干道横穿整个村庄，俯瞰的话，像串在一起的羊肉串。北李村居民三百多，以李姓为主，其间夹杂着杨、梁、尹、党等姓氏。每当村里谁家遇有红白事时，不分姓氏，大家都伸手相互帮衬。

村里一共有三个憨子，五个傻子，八个光棍。憨子和傻子就是智商比较低下，秉性比较和善，没做出过滥伤无辜的事端来。光棍像小偷一样，也是容易传染的，家里老大光棍了，老二老三通常也会毫无悬念地沿着光棍路一直走下去。

村庄四周用一条条的土路与周边的村庄保持着雨天泥泞晴天扬尘的单线联系，就像一条瓜秧繁衍的枝杈。土路很有耐心地铺在那里，人从这条路上走出去，路还很有责任地再把你等回来。

村东面是前柴，因位置偏僻，交通不便，土路曲里拐弯不说，还坑坑洼洼高低不平，骑车行走在上面像跳舞。我长到七八岁时，帮母亲拉着排子车去磨面，才第一次光顾那里。

村正北是李文彩，通向乡镇的咽喉要道，是无论怎么绕也绕不开的一块"硬石"。因是要道，柏油路修得尚早。每逢坐在父亲的自行车前梁上去乡镇的路上，经过李文彩时父亲都会告诉我，这是李文彩，万一你哪天走丢了，记不清咱庄名，就告诉他们咱家挨着李文彩。我懵懂地点点头，因为没丢过，父亲的告诫一直留着没用。

紧挨村子西头的是梁集，梁集是打渔陈乡里的先进村，通电早，也比较富裕。我平生第一次看的电视、听的戏都是在梁集启蒙的。除此之外，梁集还承担着附近村落集市的重任——菜篮子工程，一三六八（按农历算），推车的挑担的小流氓要饭的，逢集这一天，都掐着时间从四面八方会集于此。小时候，我像一只蜜蜂，总把梁集当成花园。现在梁集和我们村的房屋都建在一起，像两个内容各异的梦重叠在一起，分都分不开。

村庄与村庄之间的联系并不单纯地依靠土路，还有男婚女嫁的亲戚关系。前柴的闺女嫁到我村了，我村的闺女嫁到梁集了，梁集又和李文彩结成亲家关系。这是深层而隐秘的联系，像地下交错纠缠的树根，不易发觉。

之前，村前村后都遍布着一块块的田地，夏时收麦，秋时收秋，无论刮南风还是北风，村庄的大街小巷都被庄稼的熟香包裹着，想起来幸福无比。现在完全把庄稼的地盘给霸占了，村前村后的庄稼被驱除出我们的视野之外。

现在宅基比以前抬高了，房屋修建得比以前上档次了，但居住的人反而少了，每座宅基上面的房屋都很孤单，冷清清的没一点人气。

但一年四季还是按时到达村庄。春天，在残雪的下面会顶出一两个草芽；秋天，在落叶的舞曲里还有一朵花没来得及绽放。冬天的早晨，你会看到土路上降了一层薄薄雪霜；夏天的中午，你会听到茂密的枝叶间传出几声稚鸟的鸣叫。

大堤南的黄河滩，沃野千亩构造成一片农业王国。中间一块最好的土地被本村一个有钱人征用作砖窑，把泥土烧烧就卖个好价钱，看来黄河滩里也埋着金子呢。尽管良田被商业征用了，有限的土地更少了，年末按每家占用的亩数给点补偿，我还是甚感欣慰的，这是我秋天不用回村去劳动时所产生的非常廉价的欣慰。除了少收获点粮食外，也减轻点父母的劳动，夏天少割几株麦子，秋天少割几棵豆子。

这就是人畜共居的村庄。

这就是埋葬祖母的村庄。

这就是母亲逐渐变老的村庄。

这就是妹妹远嫁他乡的村庄。

这就是孩子望风而长的村庄。

老去的村庄

祖母乘鹤西去时，村庄已然老去。年岁便成为明日黄花，不识前路，连天的衰草渐渐遮蔽了通往黄河滩的土路。在这里，身怀宿怨的人握手言和，邻里之间亲如兄弟，老年人护送幼儿一程，年轻人打发老人上山，尽管他们的情感中夹杂着万千的不舍，在冬季的某一天，他们挥泪作别，各奔东西。

一些在村庄的怀抱里死去的老人，他们把家从村庄迁到村后的祖坟里，隆起的坟茔宛如横亘在田野里的一段枯枝。逢年过节，祖坟里的先人心安理得地接受后人的祭奠和怀念。用不多久，他们的音容相貌像暮色时分升腾起的炊烟淡薄的尾声，在时间苍茫的烟波中化为乌有。老去的人走了，活着的后人依然怀揣着他们的品质行走于世，举手投足间带着他们的影子。

老去的村庄仿佛没有年轻过，仓促形成时就已苍老，像在世上屹立了千年。时间好像埋下一个伏笔，使之从幼年直接跳到老年的行列，在村庄的年轮中省略了青春期。龟裂的河流是她的皱纹，沙质的黄河滩是她的老年斑和凹陷的面颊，麦田里的墒情就是她青筋暴露的手，故去的老人就是她身体上飘落下的皮屑。村庄必须是一位老人，在我眼里要活成祖母的姿势。

村庄的冬天，全是依偎在南墙根晒太阳的老人，和被黄土打磨成银白色的农具。叶子落了一层又一层，半堵墙在风雪交加的夜里轰然倒塌。麦秸垛如托钵僧，经历若干次风吹雨打之后，变得日渐矮小，最后在时间的深处圆寂。野草和潜伏的黄鼠狼占据了锁具把守的院落，台阶上铺满了青苔，窗户残破，木梁倾斜，墙上的泥土扑簌簌往下跌落。夜里，老榆树的枝头，会有猫头鹰诡谲的鸣叫。

老去的村庄，你的门楣，不再用柔和的目光注视着以往主人进进出出的背影。车轮碾过的痕迹滞留在土路上，路旁的钻天杨因缺乏拾掇而枝桠蔓生得像个彻头彻尾的二愣子。荒渠的底部垃圾密布，蛤蟆和孑孓活跃其间。黄河滩野草滋生，菜花蛇和舌头不断吞吐的蜥蜴往来不断。门前的黄河早已逝去了帆影，偶尔发脾气，不时教训一下不知天高地厚的兄弟。

面对日渐衰老的村庄，一切话语都是多余的，只是拉着她的瘦骨嶙峋的手，用秋天般微凉的体温进行交流。老去的村庄不再说话，或者不屑于说话，沉默成了她谦卑的品质。从豁豁牙牙的院落吹过的溜河风，就像那吹过黄河大堤的溜河风，风中隐隐约约传来黄河冰封的讯息。凛冽的溜河风不停地吹着，不远处，黄河滩的牧歌悠扬婉转，但是却没有多少倾听者。长驱直入的溜河风穿过空荡荡的街道、篱笆与屋顶，像是在梳理经年累月的琐事。

村庄，请不要伤心，尽管很多子孙都弃你而去，他们候鸟般来来去去，但还有更多的乡亲在田野里挥汗如雨，他们性情温和，酷似豢养的六畜和被汗水浸泡的农具。他们分明就是一头牛，一只狗，一只鹅，一把弯腰驼背的镰刀或者一把铁锨。当然了，他们也可以是一株狗尾巴草，一株五月的艾，一束麦穗。

村庄，无论如何，你的内心深处像深秋时节划过哀伤的雁鸣。当一场突如其来的雪覆盖在黄河滩时，村庄变矮了，像是蜷缩进大地深处的一枚木橛。

半堵残墙

　　一场浩荡的溜河风过后，我们不知道村庄里刮歪几个人、吹倒几堵残墙。

　　一堵墙在风中站立久了，肯定会身体疲惫、脚跟发软、血流不畅。经常买站票乘坐火车的人都知道，在沉闷的车厢里站几个小时，比徒步走几个小时的路程都要疲惫得多。人站立几个小时都承受不了，何况一堵墙一站就是几年甚至十几年。

　　总有一天，墙站立的时间实在太久了，脚下的土地经过雨水的浸泡变得发软，整堵墙就会往脚下的泥土里陷进好几寸，变得矮小低微，成为一个弯腰驼背的老人。加上风吹雨打，墙上的泥皮纷纷脱落，裸露出巩固韧性的经年累月的麦糠或头发。墙的外表不再光滑，从上到下残留着雨水频繁冲刷时蜿蜒走势的流痕。滋生在墙头外表的一株野草，因为缺少泥土的陪衬，而变得头重脚轻，随风摇曳。当一堵墙站立太久再也无法坚持下去时，恰好一阵溜河风吹来，就轰然倒塌，成为半堵残墙。

　　半堵残墙瑟缩在村庄的角落里，不再威严林森，变得豁豁牙牙，早已失去守家护院的功能。当溜河风长驱直入时，缺少了许多的牵绊和隔阻，变得往来自由畅通无阻，它似乎比我更熟悉越过院落的豁口或捷径，更容易穿堂入室，把放置在院落里的东西扔得一片狼藉。半堵残墙的低矮处，谁都可以欺负，平时成为半大孩子胯下的坐骑。放学后，手持一块剩馍的孩子，骑在残墙上，边往嘴里输送剩馍，边看着来来往往的行人和起起落落的飞鸟。一些身体灵巧的家畜一跃而过，正正规规的大门似乎成了某种意义上的摆设。

墙矮下去了，虚拟的墙却在主人的心目中巍然屹立着，主人一时改变不了随手在院子里放东西的习惯。被小偷造访过几次，丢失过几件东西后，才会恍然大悟，墙已不是原来的墙，小偷却是原来的小偷。每逢天黑时，家里人都相互提醒着，窗下的半袋玉米搬进屋里来了没有，刚解开的一截原木放在院子里不保险，晾晒的衣服拾屋里来吧。看来，改变一种习惯，并非是一件轻而易举的事。

存在就有存在的理由，半堵残墙成了风烛残年的老年最后依傍的载体，成了老年人生最后演绎的舞台。尽管依旧留恋放下就棘手的农事，但他们手脚僵硬了，再也挥舞不动铁锨和镰刀了；腿脚也不利索了，再也走不到弥漫着泥土芬芳的田野了。只有在太阳晴好的日子，搬个马扎，依偎在南墙根，一边晒着太阳，一边唠叨些陈芝麻烂谷子的旧事，来打发余下的闲暇。把多半辈子的青春年景都留给土地和子孙了，这是他们生命最后的日子里一段最幸福的时光。

交谈的依然交谈，有遗忘的内容，旁边有人加以补充。有时说着说着瞌睡袭来，沉重的困意像磨盘般压得眼皮发沉，紧接着就发出错落有致的鼾声，嘴角一侧流着长长的涎水。富有弹性的涎水一挣一缩，再挣再缩，最后在粗布的衣襟上找到了踏实的落脚点。瞌睡的老人不知道睡了多久，等冷不丁被一声狗叫惊醒后，又接上旁边老人交谈的话茬，指点江山激扬文字。等日薄西山，村庄上空炊烟袅袅升起，到了喝汤的时分，瞌瞌睡睡之际，一天便倏然而去。坐马扎的老人折叠好马扎，夹在胳肢窝里；坐在地上的老人，怕打一下屁股上的醭土，神态惺惺着告别，颤巍巍地离开半堵残墙。他们被夕阳拉长的影子，像一渠缓缓流淌的溪水，朝各自的家门流去。

风烛残年的老人，半堵残墙和洒在残墙上的一抹桔黄色的余晖，似乎囊括了整个乡村世界。无论一个人年轻时逃离的村庄多远，待暮年降至时也会叶落归根，他人生的最后时光要和半堵残墙相依相伴。

我会被遗忘

　　在不远的某一天，我的人生会变成一片薄薄的树叶，再被溜河风刮到黄河滩上，渐渐被风雨稀释，被溜河风吹起又放下，成为肥田的养料。

　　村庄是一条河流，我就像一条逆流而上的鱼儿，渺小而孤独，与周围的环境格格不入，偶尔甩动灵秀的尾巴，也会泛起几朵涟漪，但最终会被流水裹挟而去。

　　北李村的人太忙了，他们平时被家畜拴住手脚，加上被一年两季的农事搅得焦头烂额。生活中有很多微乎其微的琐事，篱笆一样铺排在他们岁月的田垄里，也许一千件、两千件，或者五千件都有可能。看来哪件事都比我重要。

　　在我生活的三十多年中，北李村就像一场流动的盛宴，有的人来了，有的人走了。先走的人不知道会有什么样的面孔和名字在以后出现；后来的人也不会知道，走的人曾在北李村以哪种腔调与人说话，以哪种处世的恶习和乡亲们斗智斗勇，以哪种姿势晃动着身影从大街穿过小巷。

　　一天黄昏，我站在黄河大堤的顶端俯瞰余晖涂抹的村庄，看到村落里被残阳染红的树木和房屋，木版画般美妙绝伦。我生活了三十多年的村子，用一副陌生的面孔左右了我的视觉。我茫然失措地环顾四周，暗暗问自己，我究竟是在哪里？

往短处说，再过几天；往长处说，再过几年，我就没把握北李村是否对我还残留丁点印象，别人在白天忙碌时，我休息；别人在晚上休息时，我忙碌，胸无大志，得过且过，日复一日，年复一年，一天都不比别人少过。

我这一辈子就顺手交给北李村处置了，农忙时我比谁都闲，农闲时我比谁都忙，一个一个的日子被我一天两晌地打发掉。我和劳动像一对冤家对头，一点也不想插手。闲得发慌时，我宁愿把力气撒在荒郊野外，也懒得弯腰去收割一把遗落的麦子。年轻的时候，我心想劳动的事应该由大人去干；当有一天年老的时候，我心想劳动的事应该由年轻人来干。我很干净利落地把自己抛在两头，袖了手，上不着天，下不着地。

当一些人被岁月压榨得连扛一把铁锨的力气都没有了时，就聚拢在南墙根下高腔粗调地说话，或者唾沫星子乱溅地吹牛，用以证明自己没白白浪费北李村的空气和黄河水。等歇下了以后，满堂儿孙在一个晌午歪的下午扶他"上山"。终于，能和坟地里等候已久的先人们团聚了。这是一个家族之流的源头，既然选择了这里，所有进来和出去的人，都会被时间打发到这里，谁也逃脱不过他们的法眼。他们像一支支静卧的黑麦穗，看着后辈在他们行走过的土地一茬茬地轮流变换。

也有一些老人，像是田野里残留的几株始终不成熟的庄稼，避开上帝的目光，顽强地生活着，把儿子熬下去了，接着把孙子也熬下去，最后把身边的亲人都熬下去了，老态龙钟到任何人在他面前都要充当孙子的地步，他还痛苦而麻木地在世上活着。看来一个人的生命力太过于顽强，也不见得是一件好事。失去一个个亲人的痛苦把他脆弱的神经磨砺得坚韧不说，最起码要"乐此不疲"地为别人收拾残局。

人类的忘性比记性都大，许多蠢事被人类不厌其烦地做了一遍又一遍。所以这样想来，卑微的我被北李村的人遗忘也在情理之中。

北李村

都三十好几的人了，我的脾性还像个生性好动的孩子，没磨练出一点耐性不说，动不动就离家出走。避开北李村的耳目，在外颠簸几日，再无功而返，这样的事我不止干过一次。宅心仁厚的北李村似乎习惯了我反复无常的行径，我总是担心哪天真把它惹毛了，它像捉迷藏的孩子刻意藏匿起来，让我终老一生都找不到。

二十世纪，太爷爷把李氏家族挪移到北李村这方水土上，像一棵移植过来的幼细树木，竟然在此扎根发芽，葳蕤而长，繁衍至今。

它被随性散布的树木和杂乱搭建的房屋组合成村落的轮廓，躲避开一年四季溜河风的肆虐，依偎着黄河大堤的阴面而居。周围的村落很稠密，稠密到鸡鸣狗叫都无法把它们截然分开的地步。最近的村子只有一箭之遥，走路只需半袋烟的工夫，两村的房屋都挨肩而建，像两个隔阂多年的兄弟最终手挽手走在一起。

多年来，北李村淡然地注视着我，记录下我的一言一行。我撒开脚步跟在一辆汽车后面大口大口地嗅着车尾一屁一屁地喷着的淡蓝色的香气；我疲惫的影子在双抢时节放在田界树狭窄的阴影下休息片刻；我的汗水几乎顷洒在正南、坝窝和刀把几块田地的角角落落。遇到村里的老人歇下时，我扛着一把铁锨跟随在打墓坑的人群里，挖几锨泥土，算为驾鹤西去的老人送送行；遇到村里增添人丁时，我不请而至，去为喜气盈门的邻家搬搬桌子、拉拉椅子，用绵薄之力为人家送上真诚的祝福。世界上的村落真是多如牛毛，多如繁星，但能证明我粗粗拉拉人生轨迹的，就北李村一个。

因为北李村每天都鲜活在我的视野里，使我行走在堤南堤北的土路上时觉得格外踏实。晨昏时分，炊烟掺杂着各色的饭香会弥漫在我的鼻翼；经过村庄的溜河风会掀起我的长发，进而变换我的发型；夜里的鸡鸣狗叫会把完整的梦境分割得支离破碎；一年两次的农事会在我柔软的手心里烙印下锄光镰影的痕迹。

倘若哪一天，我把它弄丢了，我也就丢失了继续生活下去的勇气。我多少年辛辛苦苦积攒的自信和安全感都一股脑了无踪影。我像一枚从枝头坠落的秋叶，被过往的风一鼓作气吹到许多陌生的领域，心里会备感凄惶和苍凉。

搬仓鼠会因为自己的窝被人端掉而上吊自杀；我也会因为把北李村弄丢了而丧失活下去的勇气。搬仓鼠在我眼里是一只倒腾粮食的老鼠；我在搬仓鼠眼里是一个毁坏它家园的人鼠。可以说，在生命的权利面前，我和搬仓鼠是同等的。我并不因为搬仓鼠是搬仓鼠而小觑它，它也并不因为我是人而高看我一眼。以自然界的法眼来看，我和搬仓鼠没有好坏之分，只是芸芸众生的一分子而已。

村东头的全二年轻时，去包头下煤窑挖煤，每逢月底，都有工资穿越千山万水抵达北李村。每逢收到领取的通知时，他的老婆都会趾高气扬地去梁集邮局拾钱（领工资）。他和北李村的联系就靠那张窄窄绿绿的汇款单据。从他家人吃穿和昂扬的架势上猜测，他的工资肯定不菲。在众人羡慕的目光中，全二没等到退休的年龄就告老还乡了，仅仅五十出头，身体已经变得很虚弱了，面色蜡黄，神情恍惚，走不几步就气喘吁吁。现在不要说让他去挖煤，就是用镰刀收割一把麦子都费劲。看来仝二把全身的力气都丢在煤窑下面了，回到家就剩下一个空壳皮囊，再也没有多余的力气了。似乎，他的力气都老早，变成钱，提前透支光了。

看来，这个貌似平常的村子并不只对我一个人重要，至少对仝二也重要。

三蚂蚱开着三轮车拉着儿子去村外兜售一车西瓜，爬大堤时，遇上刹车失灵。起先他牵挂坐在车厢西瓜上的儿子，没敢撒开方向盘跳车。直至儿子吓得号叫着跳离车厢时，他才意识到自己该跳离三轮车了。但为时已晚，因为三轮车顺坡而下，速度越来越快，再也没给他跳离的时间和机会。等翻着跟头滚下堤去，不仅三轮车摔散了架，他连命都搭上了。他死后不到三天，陕西的媳妇就改嫁他乡，留下了一双儿女。每次看到街面上走动的这一双儿女时，我都替他和他的生命难过，那条生命在村里村外活动了三十多年，竟然在某一天，丢在几里地外再也回不来了。

我可不想这种事情发生在自己身上，我希望自己全毛全翅地在村里村外健康自在地行走。北李村用空气、黄河水和粮食，屎一把尿一把地把我拉扯成人，我却用一些陌生的面孔糊弄它，于情于理，我都觉得没脸面给它交代。

我不厌其烦地在这个前后三十年都没有变化的村落里生活着，倘若没有突如其来的改观，我还要一如既往地生活下去，直至终老。你可以说我鼠目寸光，你也可以说我贪恋家庭的温柔之乡，你也可以嘲笑我英雄气短。就拿理想而言，在这个世界上走一遭，我也希望能留下一路走来的足迹。即使一只搬仓鼠都要在丰收的季节祸害一片庄稼；一只兔子都要吃掉多少棵窝边外的草；一只麦鸟在麦子收割前啼叫着提醒乡亲们做好收割前的准备，何况一个在北李村生活了大半辈子的男人。

想归想，我觉得一切都是徒然。我觉得自己即使在北李村再活上二百年，我的寿命也比不上一棵扎根于黄河滩的枣树；我的激情没有春天夜里叫春的狸猫大；力气比不上拉满车的粮食还能爬堤的叫驴；我满堂的子孙比不上一窝就生十多只的小猪秧。

和它们攀比，我发现自己一无是处，很气馁地苟延残喘，越往后活，除了年龄和疾病，几乎一无所有。

有志不在年高，有理想不在大小。回头想想，这点理想对我来说已足够了。它对得起我膝下的一双儿女，对得起印证我今生不是前世的北李村，对得起我名下的一座老宅和几亩黄河滩地。

故乡的异乡人

　　今晚，当我写下这个题目时，惊出一身冷汗来。在这个浩渺广阔的世界上，竟然没有我的安身之地，一个免除我颠簸流离之苦和给予我精神立足的地方。漂泊了八年的北京没有，这里除了我虚无缥缈的文学梦外，一无所有，豫东北平原上的北李村似乎也没有。

　　我远离故乡，曾经熟悉的乡亲已变得让人拘谨的亲切和恭敬，旧时的黄河滩和村子都变了模样，遍布村庄的河道溪流几近干涸，村后的树林被一块一块的宅基地侵占。总而言之，北李村的万物，总是别别扭扭地出现在我的视野中。我每年有两三次短暂返回的机会，带弘宇去黄河边走走，背着静怡在乡路上狂奔，逗得她咯咯直笑，给父母些许礼物以讨他们的欢心，这些都是属于我个人的天伦之乐。

　　我回去，如入异地，我成为村庄的客人。待在家里，啥活儿都不让我摸，我拘谨得手脚有点失控，发生在周围邻居间的故事听起来似乎离我很遥远。我绞尽脑汁，也不知道问题究竟出在哪个环节上。

　　乡亲接过我恭恭敬敬地递上去的一支烟后，总是像迎接远道而来的客人般迎接我，说回来了啊。听他们略带质疑的口吻，就像我不该回来似的。

不仅如此，就连和我一起穿露裆裤子长大的伙伴，见了我，也变得客气起来。他们说，回来了啊。

我笑笑说，回来了。

他们招呼完毕，就慌忙躲开，久未联系变得生疏的缘故，我也急于逃避。我和熟悉的乡亲和情同手足的伙伴，竟然陌生到如此地步。我们都像发现了黄河滩以外的人和事，它们突如其来地出现，让我们在各自的眼里读到了生疏的成分。

尤其是村庄十五岁以下的孩子，更是向我投来质疑的目光，好像我本不该在这个村庄里出现。

抛开北李村人不说，一些不会说话的田地和农具也在生生和我作对。一些不常去的田地，总是变着法子让我认错地边。初中暑假时，母亲因急于处理家里的事，我拿着镰刀独自下地割麦子去了。结果，忙活到晌午歪大半天的时间，手上磨出六七个水疱的代价，收割的半亩麦子竟然是邻居家的。邻居知晓此事后，不仅不领情，竟然敲出怪话说，这块地的麦子没熟透呢，俺原想再让它们熟几天再收割呢，想不到你先下手了。

那些农具拿在手里，一点也不得心应手了。有点粗糙的农具把柄，总是欺负我手嫩，半天劳动下来，我每个手上总会磨出几个水疱来。

好了，北李村，我终于成为你的异乡人。

我的梦

　　我在外面游荡了很多年了，事实上我走得足够久了足够远了。父母早已习惯于我的远离，就像压根没有生养我这个儿子，就当小时没有给我把过尿擦过屁股。一阵溜河风把我流浪的天性给唤醒了，没顾得上与家人打招呼，我就随风飘逝了。也不知道风止了以后，父母能不能清点出我在一场溜河风中走失。

　　我随风飘啊飘，跋山涉水，穿山越岭，走了七七四十九天，终于走到一个遥远的地方。那是一座没有村庄和庄稼的城市，村庄和庄稼在很久远的年代就消失在城市下面了，庄稼也被逐出了自己的领域，置换成清一色的草皮供游人观瞻。城市里面，是高楼大厦夹杂着一些小村落，孤独而萧索地存在，以一副孤寡老人的模样存在。

　　我吃得很好睡得很香，这并不代表我不想念自己土生土长的村庄，还有村庄里日渐风烛残年的父母。在嗅不到故土气息的异域里，我的觉感觉浅多了，睡不踏实。在梦的浅睡区徘徊不前，与村庄有关的梦像走马灯一样，一个接一个地做……

　　被梦牵引着又返回村庄了，熟稔的土路被平整光滑的柏油路取而代之，柏油路把以前的土路给捋直了，我花了很少的工夫就穿过去。

把石拱桥抛在身后，拐个弯就是指南向北的街路闪烁着月华如练的光亮宽畅地平铺在我的眼前。那是月晕流淌的痕迹，也是月亮走来走去的脚印。这就是我日思夜念的那条土路，也是我迈出人生第一步时在上面摸爬滚打的土路，我闭上眼能如数家珍地指出停放的东西：庆军家的拖拉机斗子、虾米精家沤粪的灰堆、卜卜二家的玉米秸、憨东家要翻盖新房子备用的红砖等。

尽管时过境迁，我还是一眼就能认出它们的模样。熟悉的程度好像我从来没离开过村庄，一直与它们长相厮守。

没想到，在我的履历中越要刻意隐藏的东西，隐藏得越深，记忆反而更刻骨铭心。多年后，我强制自己去隐藏某些关于村庄的记忆，是因为我害怕有一天突然面对它们时，这些对自己很重要的记忆会忘记。

柴门虚掩着，我不费力就推开了，估计母亲一直为我虚掩着柴门，恐怕我夜里回家时进不了院落。我的父母兄弟姐妹有的侧着身子，有的仰着，他们全都睡熟了。我迈着猫步从他们身旁走过，生怕惊扰了他们香甜的梦境。

那夜，月亮高悬，如挂在堤南的钻天杨树梢上千年的长明灯。偌大的村落被罩上一层朦朦胧胧的婚纱，盛放夜容器的锈迹被擦亮，同时被擦亮的还有父母兄弟姐妹的梦境。

走了一个圆后，我发现二十多年前的自己，侧卧着身子在熟睡，带着母亲体温的融融暖意。我知道，如果他醒来，肯定不认识好多年后的自己。他顶多像打量陌生人一样瞟一眼陌生的自己，然后把目光缓缓地挪开。但我认识若干年前的自己，我知道他昨天被同伴举着亮闪闪的小铲吓唬过，害怕的泪花花在眼窝里打转转。我知道他背着母亲和小伙伴去黄河里游泳，曾被母亲打得屁滚尿流，也知道他猫着腰去三老猫的黄瓜园里偷过两根黄瓜，被三老猫大腔小调地骂了三天。我知道他的幸福和快乐，忧伤和寂寥。

　　我还在梦里遇到我的兄弟姐妹，他们只是默然地望我一眼，没有话要说，好像我就在他们身边，一会儿都不曾离开。

　　我在村前屋后地走了一圈，发现很多东西都没有变，粪叉家墙上的"打倒'四人帮'"几个字被岁月洗刷殆尽，靠在南墙根晒太阳的老人又少了几个，我离开村庄前要把如花似玉的女儿许配给我的兰花嫂与儿媳妇生气喝农药死了。

　　村庄依旧与我血脉相牵，我关于童年的物质生活不会消亡，会像如纱的月影，温馨恒久。有土路被家畜和人的脚步给踩踏得很瓷实很瓷实，有醭土会被南来的溜河风扬起又放下，也有与我一起长大的男人，也有我曾经放养过的牛羊马驴。他们是见证我的书册，是见证我曾经存在过的明证。

第四辑
四季意向

桃花汛

一年四季的风

嗅到春天的气息

敬畏死亡

…………

桃花汛

　　年爷儿前脚刚走，桃花后脚就喊着号子举起了粉拳。尽管大堤的阴坡上，还零零星星地残留着夹杂土末的雪迹，没有刚沾地时的纯白，像爷爷干活身子热了，脱在田埂上的一件羊皮坎肩。

　　此时，被严寒禁锢了一冬的村庄里，角角落落澎湃着粉红的潮汛。淅淅沥沥的春雨尽管势头没有夏天凶猛，但也能立竿见影地缓解乡亲们心头郁积着干旱的恐慌。朦胧在斜风细雨中的村庄湿淋淋的，宛若薄暮时分暗香浮动的乡野浴女图，酥软的空气中略微显得清爽。

　　枯木被浸泡得久了，乌黑黝亮，用不了多少时日，皲裂的皱纹中滋生些许幼嫩的藓类，木耳也会竖起耳朵在雨中听琴。披覆着经年衰草的矮墙阻挡了从田野里铺张开来的绿色。碧柳梳理着新的丝绦，像村庄细长的睫毛，在池塘沟壑畔铺排开来。在春水中戏水的白鹅，曲颈向天，高歌着春天的物事。

　　瘦硬随冬天过去，柔软是村庄的春天最为明显的特征。解冻的田野氤氲着湿润的水痕，一片一片的像婴儿的尿布片子。冬麦经过一冬的积蓄，这时也被柔和的暖阳唤醒，忽然支棱起了脑袋，齐刷刷窜升起来。跋涉了一冬的迎春，走累了，便一屁股蹲在田埂上歇歇脚。远远望去仿佛低飞的流云，一团一团的，娇艳欲滴，花香便满径。天更开阔了，地更辽远了，叽叽喳喳的麻雀，在麦秸垛或响着哨音的电线上打闹嬉戏。

乡亲们一开春就忙着扛起农具，茶前饭后地走向田野，嗅一嗅久违的泥土的芬芳，抚摸一下撒娇的麦子。一场淋漓尽致的春雨把田野的气息酝酿得沁人心脾，这也是萧条村庄的活气。这种气息在乡亲们的鼻翼间翕动，心情自然是畅快的。弯腰蔫蔫赶早趟的野草，用铁锨修葺修葺被岁月腐蚀的田埂，以免干旱时节浇地时要紧要地跑水。河道被残枝败叶淤塞了，也要不惜力气疏通一下，好让桃花汛来临时能畅通无阻地流经村庄，到达它们该去的地方。

河水这辈子该走多少路是有定数的，任谁挡也挡不住。就像人这一辈子做多少事一样，做完了，人生路也就走到了尽头；做不完，至死也不瞑目。

河流两岸有成排成行的柳树保驾护行，二月春风似剪刀时，纷披着淡淡鹅黄的柳枝，像是村庄的春天里扎出的翅羽，拍打着潺缓东流的河水向前飞奔。这桃花汛期的河流漫延得近乎暧昧，有些意味深长，还有些春心萌动。它不像夏秋河汛般铺张扬厉。桃花汛中的小河水，青色的水波是淡淡的，乖顺的水势是浩浩的，站在黄河大堤上俯瞰，伫立河边，落英缤纷的河面像一张彩烛辉映中的婚床，颤颤悠悠，明明灭灭，斗折蛇行。

藏匿了一冬的青蛙是河流的宠儿，听见了春天的脚步声，它献出一首乡村牧歌。春天来了，青蛙的爱情也来了。它们开始谈情说爱了，惠风和畅的春天已给它们打开了爱情天堂的大门。它们变得不安分起来，追逐嬉戏，缠缠绵绵，一个个堕入热恋的蜜月里。瘦弱的公青蛙爬伏在肥硕的母青蛙脊背上，全神贯注。淘气的孩子看不惯了，拿块土坷垃丢下去，水面上恋爱的青蛙随涟漪一起一伏，一荡一漾的。曼妙的爱情使它们对外界的影响变得麻木不屑，它们还是紧紧地抱着对儿，没有撒开的迹像。只是透明状的眼膜拢合一下，摆给孩子一副不理不睬的劲头。过不了多久，河边便游曳着墨汁样的小蝌蚪。

虾啊鱼啊的是河流永久的子民，依偎在河流腋下游动。整天无所事事的孩子，便在河道里叉起网，一网一个准。怀着收获的心情起网时，水淋淋的网里便跳跃着银亮银亮的细鱼，弹跳着弓背的小虾。鱼中当数鲤鱼居多，还有腰身细瘦的**鲦鲦**，还有脊背黝黑的草鱼，溜光水滑的泥鳅有时也会光顾。网住的鱼不在多少，要的是一份心情。往往大都是两眼靠尾巴的小鱼苗，成斤的少之又少。

"够喝鱼汤的吧。"我每每用洗脸盆子端着小鱼小虾迈进家门时，母亲往往会笑着问一句。

桃花汛满打满算也就是一个月的时间。乡亲们怀着一颗对土地感恩的心，忙忙碌碌地劳作着。回春的大地上，许多新鲜的事物被明媚的阳光唤醒，到处呈现着一片勃勃的生机和活力。

桃花汛过后，雨水日渐增多，过不了多久，一个真正的汛期就要整装待发。

一年四季的风

　　我是个随风而长的孩子，想想吧，村庄里的风，在我单薄的生命里呼啦啦地刮了那么多年。像麻雀一样，影子里都行走着思想。风吹来的时候，麻雀在空中遥远成一个卑微的逗号，把日子分成无数个段落，把我的生命也分成好几个阶段。除了走街串巷的说书卖唱的，麻雀是大地唯一的语言者。麻雀的语录，被一年四季的风到处传诵。

　　站在村垭的风口处，我时常苦思冥想，感觉自己原本就是一粒被风裹挟来的黄沙，从大堤南的黄河边出发，风一次偶然间的停歇，极不负责地把我抛在北李村便袖手不管。缓和了一下气力的风继续赶路，很霸道地把我留下来。把我当成一棵没选择方向的小树，在此落地生根。来时的土路已被风的尾巴抹平，抹得很狡黠，也滴水不漏地抚平了我返乡的奢望。风每天都数着村庄的烟囱走路，吹皱了自己的方向。在土路上没有残留下半点履痕，倒是缺角少棱的土墙上烙印着风来过的迹象。黄昏来临时，等鸡飞窝鸭上架了，赶了一天路的风往往会擦着黑暗的边缘渐渐平息。风的平息声很轻浅，没有柳絮的轻盈，也没有枯树枝落地的厚重。

　　我年龄小还需要老人领着玩的时候，一场肆无忌惮的风带来的恐惧和愤怒还深深滞留在父亲的记忆中。桃花汛的尾巴刚刚消逝，麦子在紧要的四月开始灌浆，不该来的风鬼鬼祟祟地吹着口哨摸进了村庄的门鼻。温顺的村庄被风蹂躏得蓬头垢面，羊群垂头丧气地躲在羊圈的一隅，面对混沌的世界一脸的惊慌失措，狗的吠声被风撕扯成一地鸡毛，失去了昔日的威武和犀利。风扯着嗓门面对着被黄沙涂抹的天空抒情，像一头患了霍乱的牛在荒凉的四野里挣扎奔波。人和村庄顿时陷入飞沙走石的阵列，满目的仓皇。风从清晨一直刮到傍晌午，才在乡亲们的咒骂中逶迤而去。记得父亲当时隐忍了话语，一根接一根的喇叭筒卷烟的辛辣味，把整个堂屋填塞得满满的。父亲的眼睛肯定被从狭窄的门缝钻进来的挤扁的沙粒刺伤了，他不停地揉搓着。风渐渐停息的时候，心神不宁的父亲急忙去正南的麦田里看看正灌浆的麦子。麦田很宽，宽得能拐开载重的马车；也很长，长得把我的眼望疼也望不到边际。一块承载着一家老小吃喝的麦田，不知道让父亲付出多少心血，干旱浇灌，贫瘠施肥。父亲把麦子呵护成他的亲儿子，让我看着眼红。父亲在大雁南迁的秋天播种下麦子，经过漫长冬季的煎熬，眼看着灌浆的麦子等五月的麦黄风一吹，就等颗粒归仓了。却被过路的风给拦腰截断，平时方方正正的麦田，此时像刚刚结束了一场旷日持久的战争还未来得及收拾的战场。风真是可鄙到从整村的人口中夺粮的地步。

愤怒不堪的父亲不能制止风的行径，整个村庄的人都拿风没办法。眼睁睁地看着狂风大作，尘土飞扬，把原来整齐的日子弄得杂乱无章，也把爽朗的心情给涂抹得疙疙瘩瘩。当风又一次把炊烟刮得晕头转向时，当零乱的黄沙在风的蛊惑下再一次向窗棂挑衅示威时，父亲果断地举家北迁，牵着能牵的家畜，也牵上我。沿着被风细细掩藏起来的土路，顺着麦田依稀的走向，像暮归的麻雀在寻找可以停泊的枝丫。当羊缰绳把太阳从东山拉到西山时，我们从黄河大堤南迁移到堤北。

虽然风也时常光顾堤北，但在村落四周睫毛般细密的白桦林的过滤下，风的脾气温和多了。覆盖在窗棂上的细沙丝毫影响不了日子的微澜，田地里种下麦子收麦子，种上玉米收玉米。但是，很多年前那场突如其来的风，掠走了父亲麦子的那场风，至今让我胆寒，让我忧伤。

植树是大家在三春都欣然干的一件事。比如鸟儿不知从哪里衔落一些树籽，风捎来干瘪的榆钱和飘零的柳絮。这些种子皮实得像村庄里的孩子，落地生根，随风而长。开春应冷时，一些不适闲的老人，也会在沿前家后种植些树木。但没风刮来的随意，随意地落地生根，随意地茁壮。

泛熟的秋天，站在黄河大堤上，看着黄河边整装待发的风从悠长的黄河滩蜿蜒铺展。捎走了田野里一些轻浮的东西，比如枯萎的豆叶，和踮着脚尖爬在篱笆上翘首聆听雁鸣的抓拉秧；同样也留下一些厚实的东西——渴望了一年的粮食，一把木柄的铁叉，一截埋在土里的犁铧。浮躁的东西，剥离了它上面一个水灵灵的生命已不复存在，成为一个失去思想的废物。而生命却从此颇多无奈和疼痛，甚至随风化为一粒一粒的尘埃。田野里巨大的粮食被村庄里的人大块大块地搬运到粮仓里，成为大雪覆盖村庄时御寒的棉衣和果腹的食物。

祖母曾告诫我，见风要躲着走。所以，我怀揣着慈祥的告诫走到今日，不知从何时起，我开始惧怕黑暗，惧怕莫名而来的风。太平盛世下隐藏着波澜，走夜路怕碰上鬼，走白路提防被狗咬。但倒霉的还数风，这年月好乱，一年四季不停息地乱刮。风一来，整个村庄的人都闭门谢客，也不四处走动，怕被风裹挟走。放羊的憨六就是被风刮走的，可能刮得太远，至今还下落不明。

嗅到春天的气息

　　尽管前几天回升后的气温，又回落到与零度毗邻的位置，但在料峭的寒风中，我已嗅到春天的气息。

　　过了春节领着宏宇和静怡去黄河边游玩时，在野火焚烧过的灰烬里，依稀能看见野草萌动的迹象，星星点点的绿意，不仔细看很容易蒙蔽过关。那是在去年的老草根部钻出来的隐隐约约的生命，针尖般嫩黄的草茎被溜河风吹得绿意萌动了，带着懵懂的生命触及这个陌生世界的怯意和羞涩，像刚降临世间的婴儿。看上去是多么娇嫩，多么柔软，想到以后要经历风吹雨打的洗礼，一丝莫名的伤感划过心际。

　　自从春季返京后，没黑没白地刮了一天大风后，气温又降得很低。把刚脱下的毛衣又加在身上御寒。但不管冬天如何不情愿，肆虐，该走的时候终究会走的。春天迟早会来的，只是一个时间期限的问题。想起春天，脑海里就会想起逝者的诗句：面朝大海，春暖花开。在诗句的前面再加上"一座木屋"，那真是进入童话般的世界了，拥有者会幸福得一塌糊涂。

　　下午五点，照旧去小公园散步时，发现公路两旁的松树萌发出与冬天明显区别的青翠来，柳树的枝条变得柔韧，在风中轻轻摇曳，像少女刚刚梳洗过的长发。过不了几天，枝条上的鹅黄会绽放出新绿。杜牧的诗句"含烟一株柳，拂地摇风久"，蓦然电光石火般闪现出来。

冰封了一冬的池塘，冰层融化了，凸现出衰败的蒲草枯黄的叶子来。池塘的边缘，冻透的泥土变得湿淋淋的，带着被春天唤醒的蒙眬睡意。微风过处，池面上洋溢着鱼鳞般的纹路来，像覆在水面上一块抖动的绸缎。沉默了一冬的池水，又开始在大地的版图上发表有关春天的诗句。欢跃的池水再次律动起来，一群鸭子又开始和水中的金鱼嬉戏。

选一个沐浴在阳光下的椅子坐下来，在暖融融的春风中闭上眼睛，在春天即将来临的时刻感受大自然的气息。你好像做了一个短暂的梦，梦见身边的花儿在瞬间绽放，五彩缤纷姹紫嫣红的花儿簇拥在你身旁。

走出户外，用心灵去感受春天的气息吧，三言两语岂说得清。

敬畏死亡

唯独死亡，是难以亲身体验的。尽管在童年游泳时，有过几次以身涉险的经历，可当时年幼无知，并未真正认识到死亡的可怕。随着时间的流逝，再回想起来让我凛然一惊，在水里心慌意乱的经历都渐渐远去，像一颗时间的硬核藏匿在生命的深处，或者搁浅在生命之河的源头，影像也渐渐淡漠了。对在死亡边缘的生命体验，在很长一段年岁里，我很少提及，更羞于启齿。

那时大概十几岁，仗着自己水性好，背着一个比我年幼几岁的孩子在水里不知深浅地四处游走。不巧，正当我意气风发，背上的孩子惬意地哼唱着村庄的野曲时，我失足于一个人工挖掘的深坑里，突如其来的恐惧使我一下不知所措。见我的身体失去了控制，头部从水面以上淹没到水面以下，趴在我背上的孩子把半截没唱出的野曲憋在嘴里，赶紧用胳膊紧紧勒住我的脖子，不停地喊叫着，脚步乱蹬，溅起水花无数。我背上的孩子无疑把我当成一根救命的稻草，胳膊把我的脖子都勒疼了，暴露出他内心的恐慌。由于我力气小，会游泳的本领在背上孩子的体重压制下一点都施展不开，只有别无选择地"咕嘟咕嘟"吞咽几口浊水，眼睛被蒙在水面以下，依稀看见射到水面的阳光把水照耀得绿莹莹的光亮。后来的结局肯定化险为夷，在命悬一线的紧要关头，求生的欲望促使我脚下用力一蹬，纵身跃出了那个水坑，脚踏在来时浅水的区域。我呕呕地吐出一口噙在口中尚未来得及吞咽的浊水，大口大口地喘了几下气。近乎半分钟的窒息，让我感觉能呼吸到空气实在是一件美好幸福的事情。背上的孩子依然惊魂未定，紧紧勒住我脖子的胳膊在颤抖不已，失语般地哇呀呀怪叫着。

那是我身临其境般直面死亡，所幸有惊无险，使我逃脱掉人生的一场劫难。事后，除了岸上几位旁观者，任谁我都没提及过这些事。当然了，也没告知父母，生怕他们知道了，拿我是问。

生与死，其实只有窄窄的一拃宽。有时，连一拃都没有，更窄些，像一张粉莲纸的正背面，正面是生，背面是死。呛水事件过去二十年之久，夹在时间的册页里泛黄了，现在想起来依然后怕，宛如发生在昨天。倘若没有从死亡线上及时撤退，我已经作古多年，痛不欲生的父母会把我埋在祖坟的咫尺，不要说尸体腐烂了，恐怕连灵魂都不知道现在何方云游。假设我稚嫩的生命真的在十多岁上戛然而止，我不仅不能给父母尽孝，反而是他们的不孝之子，把自己应尽的那份孝心推给弟弟来完成，现在想来我是多么自私啊。因为我的早逝，肯定引惹他们流多少泪水，伤多少时日的心，也不会把我彻底忘却。要是假设成真的话，我不会长大成人，也不会和一个叫刘福杰的女人结婚，更不会为李家的支脉上增添一双儿女。以后，肯定也不会有这篇拙文出现，今天阅读此文的读者也不会浏览到这篇文章，也不会知道若干年前，一个叫李兆庆的黄河孩子是如何在人世间突然消失的。

当然，这仅仅是一连串虚拟的假设。人生的河流一直是勇往直前的，没有假设，前方的道路虽然坎坷，沿途却是柳暗花明的景色，一旦回首往事，过往的岁月便峥嵘起来，迷茫起来，消失在水天相接的地平线上。

黄河在恩泽两岸百姓的同时，也不忘把苦不堪言的黄连往人们嘴里猛灌。离黄河近了，在黄河里发生的溺水悲剧也时常出现，我见到的死亡就多起来。几乎每年，都有村外的人从大老远的地方跑到黄河边，让黄河把自己的生命带走。淹死的人大多是游泳技术很棒的，仗着自己的水性好，想在黄河里中流击水浪遏飞舟，结果遇到暗流或漩涡的话，再棒的泳技在黄河面前都会捉襟见肘，稍有不慎便会一命呜呼。结果至此，后人并不引以为戒，他们从没经历过死亡，不知道死亡于己的恐惧，去黄河游泳的人依然络绎不绝，于是死亡事件像梁集演唱的大戏依然轮番上演。

很多在黄河里溺死的人，最后连个囫囵尸首都没找到，以至于生不见人，死不见尸。结果不外乎以下几种：一是尸首顺流而下，被冲刷到几十里外下游坝头窝里漂浮上来（女尸腹部朝上，男尸背部朝上），由于距离较远，与死者家属一时沟通不上，只好草草就地掩埋；二是尸首被河水冲刷到沙滩上，搁浅在那里，半截露在外面，半截被泥沙掩埋，直至腐朽成泥；三是，刚刚溺水的尸首没冲出很远，被附近捕鱼或驶船的打捞上来，归还给死者家属。

前几天，一个初中同学喝了点酒，去黄河里游泳，一块去了六人，结果有两人在黄河里一命呜呼。这两人中，就有我的初中同学。据说，到现在，还有一人的尸首未找到。这个同学的死，触动了我写这篇短文的想法。

我们要尊重生命，敬畏死亡，因为只有对死亡有所敬畏的人，才会深刻了解生命本真的要义，才会更加珍惜它的存在。敬畏是人生独特的内省，是生命本质与灵魂状态的双重拷问。只有敬畏死亡，才会得到大自然的庇护和包容。

只有活着，周围的事物才因你而变得亮堂起来；只有活着，看似平淡的一切才会变得富有意义。

一个院落荒掉需要多久

在村庄里，一座座住老的院落丢得到处都是，像丰收后的麦田里遗落的麦穗，极不负责地交给时间处理，在凄风冷雨中逐渐发霉变黑。当然，随便一划拉，就轻易收集到很多院落被遗弃的理由。

在外面吃皇粮的男主人有能力把全家的户口起走，值钱的家什能随身携带的都带走了，带不走的能变卖的就变卖了，带不走也不值钱的家什就送给四邻落个人情，最后把既不方便随身携带又不能肆意处理变卖的院落丢在村庄里，任其荒老。家里人丁稀薄，住不着的院落，随着老院子里最后一个老人的离世，院落也就丢在那里没人打理，任其荒败下去。还有绝户头，膝下无子嗣者，终老后，狭窄的院子无人继承，也丢在那里听之任之。另外，还有一些实在不该丢弃院落的极其少数纨绔子弟，富裕的家境把他惯到手不能提、肩不能挑的境地，加上受不了周围邻居的嘲讽，便丢下正南、坝窝、黄河滩和五十五亩的麦田，丢下住了几十年的院落，带领一家几口踏上外出务工之路。可在家百日好出门一时难，等迈出家门之后，终究发现外面的钱并不是像别人所吹嘘的那样"哈腰就能捡起来的容易"。等再想返回村庄时，发现来时的路已淹没在虚荣和羞躁的浩渺烟波里。

在村庄里走动多年的人纷纷亡故之后，一个个院落便被遗弃在那里。人可以依靠双脚肆意走动，院落的脚被土地牢牢拴住，移动不了半步。它们就在原地耐心等待主人的回心转意，一天天等下去，一月月等下去，一年年等下去，有的主人真被等回来了，有的主人反而把自己的生命丢弃在他乡异域，叶落也归不了根，像村庄里飘落的一片树叶，顺路被一场很有持久性的溜河风捎带到很远很远的地方。

在翘首等待主人回心转意的热切目光中，一个个被丢弃的院落，等得地老天荒，彻底老了，最终瘫软在地上。那么，一个院落的彻底荒掉，需要多久呢？

等院落的大门被死死锁住之后，那些在院落里的来来回回的脚印和家禽的印迹均不见了踪影，院落便彻底安静下来，不像惯常只在晚上保持一小段有始有终的平静，现在连白天都是寂静一片。平时院落里被鸡零狗碎灌得满满腾腾的，现在偶有村庄里婴儿的啼哭和串门的家禽从门缝或越墙而入外，再没有其他声息了，平静得有点骇人。

干旱的日子里，终于盼来一场通透的春雨（最好是春雨，秋雨的诱发力度就没如此强大），那些埋藏在院子里的种子被唤醒，在瓷实的土地下开始萌动发芽的梦想。尽管它们被岁月和泥土埋没多年，它们并没死掉，一直蛰伏在土地中耐心等待让自己苏醒的这场雨。等院落的大门在重重的落锁声中画上一个句号，院落里鸡鸣狗叫的喧嚣逐渐稀薄得久不可闻了，终于彻底安静下来了。那些暗暗汲取自然力量的种子按捺不住内心的惊喜和恐慌，试探性地拱破被雨水泡软的土层，挣扎出包裹着生命的那层薄薄的胎皮，然后萌发出一对叶芽，随后生出两对肉肉的叶片，去迎接经夜的露珠，拥抱早晨的朝阳，试图让这个世界的排头兵接纳自己，认可自己。等这棵幼芽在溜河风中观望了一季，深信四周没有潜伏的危险了，便叶片一挥，把周围的草也发动出地面。草便一棵一棵从土地里钻出来，在偌大的院落里占有一片弹丸之地，借此来繁衍自己的子孙，巩固自己的草族。白天，它和过路的溜河风握手言欢；夜晚，它接受月辉和露珠的滋润。

接着，便有更多的草族在这个日益荒败的院落里安营扎寨，诸如打碗花、狗尾巴草、老牛拽、苦丁丁等村庄的常住子民，还有一些在村庄的植物学中没名没分的花草，它们的面孔比较陌生，它们的父辈与这个村庄无缘，有的是随鸟儿的粪便落在这里的，有的是被过路的风捎带离开故乡的，等风经过这个院子时，风力恰好在此刹住，种子也便别无选择地落在这个院落里。熟悉和陌生的都簇拥其中，渐渐地下的草根便都暗暗纠缠在一起，势力滋长。

人怀有嫉妒心，自然界也不乏有嫉妒心的树木。当一些凸显龙钟之态的枣树，看到草花一族在自己的庇荫下生活得有声有色有模有样，也耐不住那颗不老的春心，从裸露的老根上，烘托出几枝鹅黄色的嫩芽，伺机繁衍自己的子孙。

这些草像村庄里调皮捣蛋的孩子，一旦缺乏大人的管束，便肆意妄为起来。刚开始撵狗追鸡，胆子渐渐放开，最后就避开大人的视线敢在湍急的河流里游泳。这些草先在院子里疯长几季，等草丁兴旺，遍布整个院落，爷爷和孙子同堂，父亲和儿子嬉戏，见院落的主人迟迟没有站出来加以制止，便蹬鼻子上脸，增长了不少胆气，它们渐渐感觉到偌大的院落已经开始阻挡了它们的腿脚，胆子大些的草开始爬上墙头，跳上房顶，与房顶周围的树木一争乾坤，疯野得真是撅尾巴上天了。

当房屋的高处和院落的低处都完全被草侵占后，这个院落便凸显出日渐荒芜的气象来。几年后，当院子的主人打开锈迹斑驳的门锁，突然置身于这个荒芜的院子里与这些疯狂的草木一族猛然相遇时，他肯定会被眼前萧杀荒凉的景象给吓一跳，不会相信这就是自己一度生活了几十年的老院子。

　　四邻翻盖房屋时都悄悄垫高了宅基，每逢雨雪停歇后，变成的水都一股脑地往老院落里灌，这样脚下的土地变得更加酥软。在风中站立了几十年的墙头站累了，有好几拃都陷进脚下的泥土里去了。我想，老房子也原地不动地站立好几十年，是不是也要矮下去几块红砖的高度。在村庄里，很多破败的老房子都在风雨的腐蚀下，在周围邻居高屋建瓴的映衬下，矮了一截下去。

　　而老屋内，蛀虫正利用庞大的家族优势要和烟熏火燎得乌黑发亮的大木梁和檩条进行一场艰苦卓绝的攻坚战。它们打算把愚公移山的精神落到实处，用几十年甚至上百年的时间把一搂粗的大梁掏空，把三拃粗的檩条蛀断，蛀下的木屑纷纷扬扬地落下，好像落了一层薄薄的雪。在这场旷日持久的雪中，这个院落摧枯拉朽的速度被按下引擎。房内的某个墙角里，一群与这个院落的主人世居多年的老鼠也不甘落后，悄悄忙着拓宽自己的洞穴，从地下的洞穴里搬运出黄豆粒大小的坷垃。此刻，它们多像点豆成土的神鼠啊。这些坷垃积少成多，逐渐在鼠窝的周遭堆成一个高高大大的土岗。这群老鼠志向远大不甘平庸，它们想把墙角掏空，拓宽储藏室，为生儿育女繁衍后代未雨绸缪。经过蛀虫和老鼠的分工合作，这座老屋会在未来的某一天轰然倒塌。一度在村庄的高处站立了几十年甚至上百年的四堵墙，终于又与脚下的土地混为一体。时间和风，在悄悄地抹平村庄里凸显的事物，也包括一些高个子的人。

　　看似一场场声势浩大的运动，均离不开卑微力量的参与和推动，研究一下中国历史，你会发现这个类似点。院落荒芜了，老屋坍塌了，但痕迹还在，它们在土地上曾经站立过的历史是不会轻易被抹杀掉的。

　　与此同时，串门的溜河风开始用手指昼夜不停地抠掉大门上的油漆皮，让大门原木的本色裸露出来，但原木的本色早已改变，不是树木刚刚分解时的模样。门鼻上的锁扣很快被锈成硬邦邦的一个整体了，锁孔也被锈迹填满，变小变窄，那把原配的钥匙再也插不进去了。好像一个和男人分居多年的女人，若干年后，又被时间还原成一个处女。

一个荒芜的院落丢在村庄里，难道就一无是处了吗？非然，它可以助纣为虐，充当小偷的帮凶。

奶奶作为祖屋的最后一个主人，于2008年5月去世后，我们也有自己的住处，祖屋因无人居住就彻底闲置下来了。一把锁锁住满院的春辉，任其荒芜下去。没几年就荒草遍野，野树滋生，渐成荒败之势，时间把奶奶生前收拾得端庄利落的院子糟蹋得变了样子。紧挨祖屋的是五大爷家新起的一处院落，五间堂屋明窗净几，外加两面的院墙，外表均用白灰粉刷一遍，看上去新崭崭的。为了节力省事，与奶奶家的院落搭边的地方没另起新墙头，借助那堵奶奶家的老墙拼凑成一个院体。就是奶奶家这个看似不起眼的墙头，为邻居五大爷的十二只绵羊的失窃埋下了隐患。

去年春节前夕，深谙偷窃门道的小偷没有撬五大爷家的铁大门，而是从薄弱地方入手，先撬开奶奶家院落的大门后，接着在那堵紧挨着五大爷家的老墙头上掏了个洞，进入五大爷的院子里，牵走了五大爷家豢养的十二只绵羊。

回家过年时，遇到五大爷说起绵羊失窃的事时，我感觉很不自在。他家丢失的羊，从奶奶院落里被小偷牵走，我便似乎成了帮凶。

暮色四合

当太阳一拃一拃移下西山，又过了两袋烟的工夫，天便严严实实地黑透了，像一块厚黑的帆布把大地的眼睛实实蒙住了，看不见翻土的铁锨了，看不见下锨的土地了，我甚至看不见在咫尺劳作的父亲的身影了。父亲这才把手中的铁锨狠狠地杵在翻腾过的暄土里，总结性地说："天黑了，该收工回家了。"

其实，当太阳落到憨国地边的杨树半腰时，我就累得浑身快散了架，不要说翻地，连握锨把的力气都耗光了。回头看看父亲干得正起劲，我把嘴边的话又生生咽下去。当父亲的铁锨又插进土地里把硬实的土块翻过来，太阳继续往下移动，被烂缸家的麦秸垛托着，我实在蹬不动铁锨了，索性把铁锨往田埂上一横，一屁股坐在上面再也不想起来。显然，我这是歇给父亲看的，你不是不允许回家吗，我累了歇歇总该可以吧。我用这种罢工的方式，暗暗向父亲示威。父亲瞪我两眼，没有言语，继续翻弄土地。

我对父亲这种玩命式的劳动方式极不赞同，也不理解，该回就回去了，不要硬撑了，今天就是熬得再晚，明天肯定还会有农活等着你。这些鸡零狗碎的琐事不多也不少，刚够我们忙活一生。我们活着的目的，似乎就是拿出耐心把生活中的琐事一件一件地清理掉，似乎等到终老的那一天，也有很多未竟的事情来不及处理。

父亲把搭在田埂树杈上的衣服披在身上，又摸着黑把粘在铁锹刃上的湿土用木棍蹭掉，才把铁锹扛在肩上。一只手扶着肩上的铁锹把，另一只手里从来没亏空过，捡几株遗落在路上的庄稼，或者捎昏带晌地给猪羊拔草。等喘息着爬上横亘在黄河滩和村庄之间的黄河大堤时，都习惯性地把肩上的铁锹放下来，扶着护堤树很夸张地喘几口气，面朝南迎着呼啸的溜河风吹吹身上的汗气。似乎刚才翻地把身上的力气都使光了，不歇息一下，连下堤回家吃饭的力气都没有。

从黄河滩返回家的黄昏，都是一样的疲惫，一样的黑暗，一样的汤饭。玉米糊、馒头、炒一大碗自家种的蔬菜。把饭桌搬到当院里，全家老少都坐在小板凳上，围着桌子吞咽，寂寂地吃，寂寂地喝，大家都不说话，把吃饭弄得像项目比赛一样。除了偶尔有溜河风吹动杨树叶传来好像洗麻将的声响外，几乎没别的声息。一顿晚饭，很快就吃完了，一家人依然围拢着饭桌，保持着吃饭时的坐姿，迟迟没有离开。好像今天太累了，静静等待身上的力气渐渐恢复。

喝完汤很久了，院门外还依旧响着从黄河滩摸黑回来的乡亲们疲惫的双脚拍打路面的声音。

其实，很多幸福都贯穿在冗长的过往中，作为置身现场的我们，距离体味那种幸福只有一步之遥。

一　晃

一晃这个词语把时间易逝年华易老概括得很到位，两个汉字的简易组合，释放出来的能量，即使一个人穷经皓首，也难以琢磨透彻。

一晃纵然法力无边能量非凡，也不是任谁拿过来就能用的，最起码得有二十年以上的涉世经验。一晃就是一把尺子，用来衡量时间流逝的长度。一晃前面经常加个带有感叹语气的"唉"字，后面再用一个感叹号断后，方能显示出使用者回望来路时的慨叹和扼腕。

不知从什么时候起，我喜欢把"一晃"这个词语挂在嘴边。我习惯对自己年幼的朋友说，唉，一晃自己竟然三十六了。年龄之大，有点超出自己的想象，我一厢情愿地认为自己才二十三，是比较暗合我现在的心理。好像在成长的过程中，上帝藏掖住许多的日子都没让我经历，像体育项目三级跳，助跑一下，身子一跃就凌空飞过。我跃过了很多路段，很多坎坷，很多铺排在路上的砖头瓦块。很多过程我还没来得及细细经历，心浮气躁的上帝已然把残酷的结局摆在面前。其实，我没有资格抱怨上帝把时间的马车赶得太快，似乎路上打了个盹，就错过了很多的风景和人物。尽管我没有记住自己经历过的平淡无奇的每一天，但三十六年漫长而短暂的时间段中，没有哪一天绕开我，独自远去。

按说，我刚在而立的拐角拐了一个弯而直奔不惑而已，正处于人生的中间位置。这个位置有点儿尴尬，既不靠上也不靠下，上下两不着，给下面的儿子充当父亲，给上面的父亲充当儿子。还远远没有老到任何人在我面前都要充当孙子的年岁，也远远没有老到整天提溜着自己苍老的影子颤颤巍巍地靠在南墙根晒太阳的年岁。至今，我的人生经历短暂得很，没啥成绩，羞于出口，非要扒一扒过去的辉煌，也是年轻气盛时留下的几件荒唐事。想一想，谁没年轻过呢，谁没在年轻时做过荒唐事呢，这样想来，我也就释然了。尽管短暂，在我三十六年走过的路上也看到了岁月流逝的痕迹。

由一晃这个词语，让我想起扎根于黄河滩的一株年迈的柳树。尽管柳树矮黝黝的，一点都不起眼，离远看，像个蹲在瓜地里猫腰偷瓜的贼。尽管如此，它的经历非常丰富，不要小觑它的年龄，它至少在世上存活了二十多年，我八岁的儿子和五岁的女儿的年龄，加在一起都没它大。树身不细也不粗，周长大概五六拃，树身半米左右被惊雷拦腰斩断，斩断的横截面周围滋生出一些扭曲的树枝。即便如此，仅有的几条树枝被好事者拧成麻花。显然干枯和鲜艳的柳叶在树枝的拧缠中施展不开腿脚，活得有点憋屈。单论这株柳树的长相，可以称为树族中的侏儒。更令人惊诧的是，树身离地面一拃高的位置有一个狭长的洞口，洞口附近有烟熏火燎的痕迹。

连绵不绝的溜河风从树洞里洞穿而过，在里面盘旋着厮打成风的旋涡，吹奏埙发出的呜咽声，像黄河古战场上低鸣的牛角号。

我猜想，柳树身上的洞口并不是与生俱有的，源头极有可能是一个小小的树疤，被几个喜欢玩火的小孩子宝藏般发现后，便一发不可收拾，激发了他们的玩性。把一小把干枯野草放进去点燃了，等火力接连不断地接上茬后，柳树也跟着野草燃烧起来，树疤渐渐被烧成洞口。滴水穿石，野火能把树疤变成树洞。等一团一团的火苗舌头般舔着柳树的身体时，空旷的黄河滩是不是隐隐约约传来它喊疼的呻吟。穷尽我的脑力，也无法想象这些年来，它是怎样一点一点被野火掏空的，那个过程就像脚下漫无边际的黄河滩的诞生一样让我失去探究的耐性。在那株带有树洞的柳树旁，我茫然失措了很久，遗憾的是我总有一种被时间之箭穿透的痛觉。

它似乎用另一种怪异的方式告诉我，这是看似停滞的时间一晃而过的结果，这株空心柳，被经久不息的溜河风洞穿其中。南来的溜河风一晃而过，北来的溜河风同样一晃而过，我站在一晃而过中间不知所措。

歇下了

在黄河滩的春冬两季，许多老人的生命会搁浅在昨天的夜里，再也没有醒来。每逢至此，邻里之间都会相互转告，说德玉老汉在昨晚歇下了，去烧个纸送上一程吧。

听者一脸诧异，前几天还看见他去梁集看大戏了呢，怎么说歇就歇下了呢？

说者淡然地解释，人死就像吹灯拔蜡，瞬间完成的事。再说，前世纵然再大的仇恨也不能随便拿别人的生死开玩笑吧，我刚从德玉老汉家悼念回来。

听完对方的解释，听者微微点头表示首肯，说，我就去买刀火纸去悼念一下。

歇下了，很形象，黄河滩把老人的故去，不说死了或者老了，而说歇下了。

试想一下，黄河滩人一辈子争强好胜，与天斗，与地斗，与人斗，似乎无休止的斗争给甘苦人生带来无穷的乐趣。他们漫长而短暂的一生中铺排着干旱雨涝，种植着五谷杂粮。从落草那一天起便望风而长，最后生命的精元被岁月压榨干净，几乎每天都如上紧发条的木偶，在堤南田野里挥汗如雨，勤勉劳作。直到旺盛的生命煎熬成一株在秋天里成熟的庄稼，厚实的身躯化为一抔轻飘飘的尘土，才真正与忍辱负重的人生脱离了关系，与棘手的农事脱离了关系。单薄的身躯长眠于柳树林里的坟墓里，才得以万事皆休真正歇下了。

在他们眼里，庄稼并非是庄稼，而是安放在田野里的孩子。既然是自己的孩子，就要对其负责。与其说五谷从青涩到成熟饱受时序的煎熬，倒不如说五谷是在他们汗水的浸泡下成熟的。孩子长大也就省事了，而成熟的庄稼收割后，又开始下一茬的种植，又开始下一轮的呵护。

黄河滩人打发一茬一茬成熟的庄稼上路的过程，宛如进行一场马拉松比赛，只有开头没有结尾。只要单脚踏在白色的起跑线上了，就要在漫长的跑道上马不停蹄地奔跑着，中间几乎没有停歇喘息的机会，直到终老。

每位健旺的老人都欠村庄一笔小账，归还的日期早一天迟一天终究会来到。

当村里一个老人歇下了，全村的劳力妇女都伸把手帮衬一下，再说谁家摊不上这事呢。纵然生前结下死梁子的乡亲，现在也坦然地放下心中的恩怨，来伸手搭一下帮。眼下人都死了，有什么仇恨不能化解呢，有什么矛盾不能调和呢？帮主家料理一下后事，给十里八乡的亲戚报报丧，抬抬发丧用的器具，去台前菜市场里买买菜肴。

一时间，黄河滩上唢呐呜咽，大腔小调的哭声连绵不绝，锣鼓声悲，从村庄指向柳树林的坟地的路上，飘撒着素洁的纸钱。

梦一样的清晨

　　东一声、西一声的鸡鸣，把夜坚硬的壳啄破之后，便孵化出一个活生生的黎明。此起彼伏的鸡鸣像一张声音的网逐渐收拢之后，梦一样的清晨便睁开惺忪蒙眬的睡眼，踩着黑夜刚刚遁去的痕迹，不问阴晴变幻，在黄河滩每天来临一次。

　　当早晨的第一缕朝阳照射到堂屋的窗棂上，到了我该起床的时间了。但我很少自觉起床，多数时间都是赖在床上不动。我这种睡不着装睡的态度，是最难醒来的。我极不情愿起床，刚才被母亲的吆喝声吓退了刚进入状态的一场美梦，我想赶紧闭上眼睛睡一个回笼觉，把一度中止的梦境再度续上，看看美梦究竟美到何种程度。母亲见我在床上躺着没动，又压着火气吆喝了我一下，我知道再一不能再二，把母亲惹急了没好果子吃，方才悻悻地与姗姗来迟的那场美梦依依惜别。

　　等我穿好衣服，趿拉着鞋走到院子里时，全家人（说是全家，其实就只有父母俩，弟弟在纸厂里上班，每天早出晚归，两头不见太阳，这个点钟，估计他骑着自行车到达纸厂门口了）都围在饭桌旁等我了。拴在大门西边的黑狗闻到饭香，不时把链子挣得哗啦啦直响，嘴里哼哼着借以抗议主人对它的忽略。狗感觉为主人看家护院有功，它在饭点上也一直想和人接轨。刚出笼的鸡，展翅伸腰，在院子里欢快地绕圈疾行。新的一天，新的开始，一切都是欣欣向荣的景象。我觉得自己拖拉散漫的行为和清新的早晨极不相称，有点拖早晨的后腿。

母亲每天忙忙碌碌，几乎把全部心思都放在家务和农事上了，想让她在厨艺上费点功夫难于上青天。在她眼里，吃好吃孬都是一顿饭，再好的一顿饭也不能当两顿使。再说，一天雷打不动地做三顿饭，就够麻烦的了，能凑合就凑合一顿吧。不用猜，早餐肯定很简陋，玉米糊糊、老咸菜、馒头，雷打不动的老三样。全家人见我洗漱完毕，开始摸筷子大吞小咽，试图用最短的时间把这一天中最简单的早餐打发掉，然后再把匀出来的大把大把的光阴挥霍在堤南的农田里。我起床晚，压根就没有食欲，加上早餐简单得有点偷工减料了，我看着就感到饱了。

再磨蹭也没有山珍海味等着你，赶紧吃吧，吃完了，上午把五十五亩地里的半亩花生刨了去。母亲见我吃饭不在状态，在旁边催促道。

吃吧，应该多吃点，别管你有没有胃口，刨花生需要力气的，不吃饭哪来的力气。父亲也在一边帮腔。

在父母苦口婆心的劝说下，这顿早餐终于磨蹭完了。我喝了一碗糊糊，吃了半块馒头。除此之外，肚里再也塞不进去任何食物了。

梦一样的清晨，村庄里很少有风动，或者叫嚣了一晚的风也疲惫了，也该歇息一下缓缓劲。夜里，从盆架上刮下去的洗脸盆子，又恢复了原位；盖在麦秸垛上的塑料布也回到原来的位置；晾在绳子上的衣服也被重新挂上去。总之，被风刮乱的东西又各就各位，就像夜里那场风压根没到过村庄。

风把东西吹乱，人把风吹乱的东西重新扶正。

多年以后，我经历了很多早晨。逐渐懂得，在梦一样的早晨，我们就应该精神抖擞地迎接新一天的到来，不是要把昨晚的梦延续下去，而是决然地终止。

夜　晚

　　村庄是一枚硬币，白天是它的正面，夜晚是它的反面。

　　到了晚上，潜伏在白天的野草开始疯长，在万千灯火的映衬下，村庄一个接一个从黑暗中探出头来。萤火虫打着灯笼在草丛里寻寻觅觅，好像丢失了极其珍贵的东西。马匹咳咳地打着响鼻，牛反刍和狗的叫声，织成一张声音的网。络绎不绝的狗叫声对村庄的夜晚而言，永远是一种震慑。似乎向这个世界宣告，村庄不欢迎陌生人造访。根据狗叫声的厚薄，可以判断出村庄人丁的多寡。

　　为了生计和前程奔波了一天的人们开始歇息了，水银般的月光从窗棂外投射进来，横卧在床上的人体就像一个依偎着墙根入睡的农具。被擦净泥土，泛着银白色的刃面，经过一天疲惫的劳作之后，在夜晚来临时暂缓一口气息。

　　无论白天，抑或是夜晚，在晨曦中苏醒的麦秸垛总是一言不发，眼观六路，耳听八方。没有人能看见它内心的哀伤，任凭风吹雨打，在屋前家后缄默地站立着。有溜河风呼啸而过的晚上，它常常用温暖的怀抱去容纳一对露宿野外的男女，一个游走于荒野之间的流浪汉，或者在家门前迷失的小动物。

　　夜已经很深了，谁家的灯依然亮着，估计还在忙着铺排明天的农事。

深秋后的一些事情

在乡村，庄稼人对气候细微的变化起伏都分外敏感。在无缘叠加的残痕中，他们对二十四节气总是充满了敬畏之情，亲临农事后更能理解他们为什么要紧赶慢赶，将所有在田间直立的农作物赶在立秋之前拾掇完毕。说白了，要的是干农活的速度。由于我的闲暇较多，田野里基本上什么农活都干过。多年后的今天想来，我对农事的时令和速度怀有一种刻骨铭心的理解和释然。

秋收时节，他们先把黄豆割除，一捆一捆地码在田垄里，然后用排子车、三马车、拖拉机、小四轮等农用工具拉到场院里，用木权挑开。有太阳时让太阳暴晒；没太阳就用溜河风刺喇刺喇。上午翻两遍，下午翻两遍，直到用木权挑起时，能听到豆荚噼里啪啦的炸裂声，才选个风和日丽的天气开磅压场。秋天的农事机械而烦琐，基本没有什么诗意可言，但每个环节都不能有丝毫马虎和省略。在有限的时间内，要完成如此多的农活，乡亲们就不得不起早贪黑。每逢秋收的日子里，你总能听到田间地头乡亲们啪嗒啪嗒的脚步声、粗重的喘息声和繁杂的农活而引爆劳力糟糕透顶的骂娘声。他们一时分辨不清白昼与黑夜了，繁忙而冗长的劳动使他们一下子模糊了时间。

等乡亲们把巨大的粮食——黄豆归仓后，再把红薯刨出来，把花生挖出来，把玉米掰下来，把芝麻薅完，就在田里做完了一年最后的攻坚战。这时，秋天的肃杀之气也一天浓似一天地隐现在浩渺的秋水里。一年一气象的深秋便在南迁的雁翅上悄然滑落。转眼间，天亮似乎不如以前早了，崭露头角的朝阳还要略微停留一段时间才能穿透那厚厚的苍茫云海，凉爽的秋风吹来清新的气息。

深秋季节里，乡亲们也难得有短暂的休息时刻。除了伺弄了一辈子庄稼的老人，选个阳光骄好的傍晌午，袖了手宛如老斑鸠一样扎成堆晒太阳。手心里茧花怒放的妇女们，就拉着笆子背着筐去秋后的田野沟壑里拾柴禾，尽管去年的柴禾还平平整整地码放在院门旁足够用一个漫长的冬季，灶间也引进了便捷的煤气，但到了秋后，不捡拾一垛小山样柴禾的话，以后平缓的日子里会残留丝毫凋落的缺憾而丧失一种季节性的平静与坦然，收获的季节也会有辉煌的溃败。在秋天拾柴禾，是乡亲们心里留存着的一份善良，那就是在草枯时笆柴并不伤及草木的筋骨。其实，草木对人们的盛情，能容得下整整一片黄河滩。当秋风以苍凉的步子进入田野，田野满目的苍翠瞬间变成一片枯黄。落叶铺地，枯草和庄稼的叶茎，拿起竹笆子随意扒拉几下，就能装满一大筐。在秋季生产完的田野里用纤细的竹笆子细细地梳理一遍，仿佛不是单纯为了笆几筐枯枝败叶回家，更多的是一份心情，一份收拾生产后田野的心情。

除了捡柴禾的，秋收后的田野里还零星地点缀着一些拾庄稼的老人和孩子。老人拾的是一份朴素的美德；孩子拾的是一种成长的历练。不要说翻地三尺把遗留在地层深处的红薯、花生刨出来了，就是散落在田野表面的庄稼，就完全能弥补拾庄稼人内心深处欲望的空白。下镰高了，长长的豆茬上会残留一两颗饱满的豆荚，不把豆荚撸下来的话，它就会随岁月一起被雪亮的犁铧翻卷到土层下。挨着路边的地头，几株倒霉的豆棵也会被躲闪车辆的车轮轧得豆粒飞溅，这也属于拾庄稼的范畴。还没放倒玉米秸的玉米棵上，更是内容丰富多彩。心眼比针尖还细的庄稼人也会遗留几根一拃长的玉米棒子，或者因为倒伏在脚下，或者由于早熟玉米疲软地耷拉在肥大玉米叶的遮挡处，这样就与收获者失之交臂，成为几天后，拾庄稼人筐里的一只香饽饽。在狡黠的一脸坏笑后面，又不得不佩服憨厚的庄稼人疏忽后的博爱。就像一些柿农在收获柿子时，专门给喜鹊留几只又大又红的果实越冬。给别人留有余地，往往就是给自己留下了一线生机与希望。给予是一种快乐，因为给予并不完全是失去，而是一种更高尚的收获。给予是一种幸福，因为给予能使自己的心灵变得更加美好。这些深奥的道理，纯朴的庄稼人不仅比任何人都懂，而且还身体力行地去实施。

　　除了拾庄稼，秋后挖搬仓鼠窝也会聚敛一些干干净净的粮食（而不是庄稼，搬仓鼠都是把成熟的黄豆或花生剥皮后，搬运到洞内的储藏室里）。这些被搬仓鼠储藏过的粮食，虽不能直接食用，但煮熟后可以做肥料或催肥牲畜。有经验的庄稼人能根据搬仓鼠洞口的大小，来判断洞里储藏粮食的多寡。看哪片田野里豆荚壳在阳光下翻卷着白花花地耀眼，还有距搬仓鼠洞两三米远处，有新鲜的浮土，这两种现象都说明搬仓鼠洞里的藏粮一定丰富可观。因为每年秋季来临前，随着搬仓鼠家庭成员的增加，搬仓鼠要及时清理和扩大粮仓。闭上眼睛就可以想象到，在月朗星稀的夜晚，搬仓鼠全家倾巢而出为漫长而严寒的冬天做充足准备了。它们分工明确，老弱病残的搬仓鼠负责粮仓修葺，年轻力壮的搬仓鼠会含着浮土，搬运到洞口外。积少成多，日积月累，被清理出来的浮土就成了一座微型的土丘。等搬仓鼠的洞穴焕然一新时，搬仓鼠再侵入黄豆或花生田里，先用锋利的牙齿把豆荚剥开，把豆粒嗑在宽阔的嘴廓里，直到嘴撑得不能再装黄豆粒为止，然后一趟一趟运回洞里，一直到人们收完地里的庄稼为止。民以食为天，搬仓鼠又何尝不是，我倒觉得这句话改成"命以食为天"更好。再看看搬仓鼠的洞穴，那是一个很深的洞穴，为了填满这个洞穴的粮仓，这窝搬仓鼠一定忙碌了很多日子。明眼人一看浮土，就洞察到搬仓鼠粮仓的规模大小。都说狡兔三窟，其实搬仓鼠比狡兔不知要狡猾多少倍呢。搬仓鼠窝除留下主要洞口外，还留下至少五个的备出口，从这里可以看出搬仓鼠是何等的狡黠和狡猾。想要把搬仓鼠斩草除根的话，在挖搬仓鼠洞之前，要把其余的备出口用草或庄稼叶给实实地封住，以防搬仓鼠死里逃生。接着用铁锹沿着蜿蜒的搬仓鼠洞一路顺藤摸瓜地挖下去。两袋烟的工夫，搬仓鼠洞穴的建筑布局就清晰地出现在眼前了。搬仓鼠不单单把洞穴修得四通八达，不怕水淹，而且搬仓鼠洞还不是单一的一个洞，那里边分好多个洞，各有各的功能，育儿室、休息室、康乐室、卧室、厕所等一应俱全，而且还有为过冬备用的"食物储藏室"，农作物果实就藏在里面。一切都安排得合情合理井井有条，你不得不佩服搬仓鼠在打洞建筑方面的造诣。当你挖到黄澄澄的粮食后除了喜悦更多的会是惊奇。要是挖到一个大的鼠洞的话可能会收获七八十斤豆呢，而每斤黄豆价格一块多，那可是一笔不小的进项！

　　母亲在雨歇时，就老早地为秋播的粮种做最后的准备了。为了防止与食用的粮食混淆，宝贝般的粮种要单独存储的，而且扎布袋的绳子用鲜红的布条。由于是粮种，它们在存储上比较娇贵，通风条件、湿度、温度要求比较苛刻。这样就让母亲在棘手的农事之余要分出一些心思来伺候种子。先用簸箕把杂质和虚飘的种子簸走，再把隐藏在种子深处的土块和麦梗筛出去。粮种的遴选过程就大致告一段落。记住在播种前再做最后的工作就万事大吉了——撒上适量的农药，以防止鸟雀吃食。田地犁好，耙好，把播种的日子择好，用耧播下种子，种子就宛如村里皮实的孩子，见风而长。

　　说着深秋，深秋就到了，时令总是严肃得没有丝毫缓和的余地。周密温凉的秋水像蚌为了孕育珍珠，慢慢封闭了它睿智的甲壳，于是妊娠完毕的大地便进入一个休整期。

渐行渐远的冬天

在一个子夜时分，冬天渐行渐远。清晨，我穿着棉衣推开门，看到院子的地面上湿漉漉的，像下了一场薄薄细细的雨。

去年冬天久旱无雪，按二十四节气算，眼看都立春了，才铺天盖地接连下了三场大雪。落在地面上的雪足足有一拃厚，用不了几天就在太阳下渐渐消失。等积雪融化时，天气干晴酷寒，冻得手脚都不听使唤。每年，背阴处的积雪一待就是整个冬天，等向阳处的积雪都融化完毕，它们才耐心十足地等待着气温回升开始融化。

在黄河滩上，有时节气不按常规出牌，本感觉春阳明媚，温暖如春，但田野里一批率先抽穗的麦子被冻死，一起被冻死的还有本以为冬天走远而钻出洞穴喜滋滋地迎接春天的虫子。人在节气上的不稳重顶多栽个跟头吃点小亏，而植物和动物倘若操之过急，就要付出沉重的代价，甚至搭上小命。它们本该活一秋的寿命，被滞留在一场突如其来的倒春寒里。

经过冬天的蛰伏，僵硬的田野开始解冻，这里湿一块，那里湿一块，斑斑点点的，像院子的铁丝上晾晒的婴儿的尿布。那场残雪融化之后，田野里的麦苗经过雪水的滋润，看上去绿油油的，返了青，长势喜人。麦地里的植物也逐渐被春阳唤醒，放眼望去，视野内都是那种轻柔娇嫩的绿意。这时，整个黄河滩都弥漫着阵阵草香，混合着泥土解冻的气息。

俗话说冰冻三尺非一日之寒，而黄河开河却是快刀斩乱麻，短暂的几日便一蹴而就。河面上的浮冰开始裹挟着大大小小的冰块向下游流淌时，遇到河冰厚实尚未来得及融化的地段，浮冰就被截住，在这里积压起来。它们相互碰撞着、牵绊着、叠压着，堵塞在一起。后面漂浮来的浮冰在河水的作用下，相互碰撞着高高摞起来，摞起来的浮冰宛如一座洁白如玉的冰山。等冰山越来越高，下面的浮冰承受不住巨大的重压，冰山便坍塌下来，发出沉闷有力的响声。在黄河解冻并全面开河的时节，无论河面上的浮冰多强大，也终将融化在向东的一河春水里。

在某天夜里，一场久违的春风悄然而至。春风带着黄河水充盈的暖意，一改寒风的强劲和坚硬。滚雷般的风声从黄河滩上传来，越过黄河大堤，率先冲进了村子，不知谁家的院门被重重地推了一下，发出咣当当的响声，在静寂的夜里传出很远。堆在当街的玉米秸被刮到天上，离开村庄很远了，又被狠狠地掼在地上。

春风比人更熟悉遍布在墙壁上的每一处缝隙，它们挤扁了身子登堂入室。每当冬天来临时，人们只是堵塞着墙壁上看得见的缝隙，他们不知道还有很多不起眼的缝隙像叛徒一样出卖着室内的温度。一时之间，室内便盈动着气流缓缓游动的声息，带着黄河开河的清新。随着春风的介入，屋内一些轻飘飘的物件，在春风吹拂下摆动着。墙壁上张掀着一角的年画，在流动的风中哗啦啦作响，铁丝上挂着的毛巾荡着秋千。

一夜之间，春风来了。

其实，春风在黄河滩的某个角落已潜伏了很久，像一只伺机捕捉猎物的小兽。铆足了劲，考验着人们的耐性，等冬天的力量逐渐削弱减退，然后，在大家期盼已久的时刻，呼啸着粉墨登场。所到之处，摧枯拉朽，席卷一切枯枝败叶。

等春风过后的某一天，我站在黄河大堤上，极目远眺，无论枝头还是田野里，都是像被春水渲染的绿意。我知道，新的一年已整装待发，即将在这里启程，向北大堤的阳谷境地继续挺进。

我听到春风在黄河滩上呼啸而过的声音，像草原上奔腾的马群留下的蹄音，在北李村的村里村外，在繁衍生息的物种的延展里，播撒着绵延不绝的梦想和萌动。

越冬的准备

进入初冬，我常常在半夜里被冻醒，双腿蜷曲着，身子缩成一团，保持着在母亲腹中时的姿态。寒冷像个小偷，悄悄地把我被窝里的温暖偷得一点不剩，剩下瑟缩发抖的我，时不时用手挨个捂着冰冷的腿脚等着淡青色的曙光迟缓地降临。

窗外月光如水，越过窗棂在我的床前徘徊不前。肆虐了大半夜的溜河风逐渐停歇了，院落里静止不动的物件，显示出溜河风已收兵回营。除了村后祖坟的树林里偶尔传来几声猫头鹰不受欢迎的鸣叫之外，再就是院里的老榆树上响起枯枝折断的咔嚓声，好像人的肋骨被一双巨大的手给拦腰折断。力道巨大的寒冷，使干枯的树枝硬脆无比，被夜里受到惊扰的寒鸦踩踏，因承受不住重力而坠落。

晴朗的冬夜更显得奇寒无比，像一个磨磨叽叽的亲戚把你纠缠得没有脾气。睡意全无，我吸哈着从被窝里伸出手来，摸着衣服穿上，下床给自己倒了一杯热水。尽管我的人生黯然无色，我也不想让自己旺盛的生命过早地变成一枝枯枝落在地上。

围城几乎无处不在，半年前我还诅咒夏天的酷热，动一动就让我汗流浃背；夏天刚过冬天便正式登场，我就开始讨厌起漫长而寒冷的冬天了。

砖头般的寒风迎面砸来时，提醒我冬天无处不在，我不能对它熟视无睹。几乎把所有的棉衣都囫囵加在身上，连使用频率最高的手也用一双厚厚的手套包裹起来，面部上只留下眼睛与严寒对峙。尽管如此，我还丝毫感觉不到暖意，像裸着身子饱受冬天的戏弄。

在冬天，我很羡慕那些披着厚厚毛发的家畜，一次我梦见自己从头到脚覆盖了一层厚厚的毛发，为省去了穿衣戴帽的累赘而沾沾自喜。一觉醒来，我才发现身上根本就没长出什么毛发，每逢冬天，还是要麻烦棉衣棉帽的。

似乎刚把大堤南的庄稼颗粒归仓，耩上春小麦，溜河风便夹带着凛然的寒意步入村子。这种寒意是冬天的先锋军，为整个冬天的到来预先热热身，提个醒。早晚有点凉意，中午的太阳依然威力无比，照在身上热辣辣的。在黄河滩上生活了几年、十几年、几十年的经验提醒人、搬仓鼠（黄河滩的田鼠）和树木，须赶紧为入冬做好充足的准备。人们把庄稼的秸秆拉到院子里，再劈上一两垛劈柴以防万一，然后把冬天用的厚被褥、棉衣统统拿出来晾晒修葺一番，省得冬天不约而至时措手不及。搬仓鼠积蓄好过冬的食物和保温的枯枝败叶，我去积雪覆盖的田野里闲逛时，不止一次看到被端了窝的搬仓鼠纷纷在低矮的田界树上上吊自杀。树木不能像人和搬仓鼠一样采取越冬的措施，它们只有落光叶子，抖索着光裸裸的身子与冬天暗暗对峙。

自然界中不管是谁，在即将到来的寒冬面前变得谨慎和谦卑一点，低下高傲的头，没有多大的亏吃。

我把墙角的炉灶里经年的旧灰统统清理干净，和了点泥把炉子外面几道裂缝给抹平。留着缝隙不仅影响炉子的保温效果，用玉米芯点炉子时，浓烟会顺着缝隙钻出来，呛得屋里站不住人。然后把炉子的配套工具——拾掇出来，火钳子、煤球夹和拨灰用的小铁铲一应俱全。

接着，把去年冬天用过的铁皮烟囱拆下来，用铁榔头逐节敲打，把去年积累的烟垢和锈迹震落下来。用抹布把落了一年的灰尘油渍都擦拭干净，还是没还原铁皮烟囱的本色。几乎每年，周围村子里都有几个人因为煤气中毒而被撂倒。他们都是抱着侥幸心理用不带烟囱的火炉生火取暖，但不幸偏偏不请自来，让你的马虎潦草付出生命代价。在这方面，我是注意了又小心，本来就脆弱的生命容不得你丝毫的疏忽大意。

等树上的叶子落光之后，枝杈也露出了峥嵘，此时村子失去了屏障而变得轮廓清晰。紧接着，一场浩荡的溜河风便在大街小巷长驱直入，如入无人之境。一场凛冽的寒风吹彻之后，村子变得更加凋敝清瘦，人迹渺然。这样的天气，没有什么要紧事，我宁愿一天都足不出户，枯坐在堂屋里让思想天马行空。此刻，我最担心村后的祖坟里躺了几年的先人是否感到寒冷，我是否应该给他们送去几件御寒的棉衣？

当村西边的池塘里结了薄薄的一层冰时，用母亲的话说，冰上能站麻雀了，我知道冬天真的来临了。我把怕冻裂的水缸移进屋子，糊好窗户，挂上准备好的棉门帘，生起炉火。

在某个冬夜，一场接一场的大雪悄无声息地覆盖了村庄和黄河滩，那白色火焰般的雪花，把天地间装扮得纯美无比。房檐下悬挂着利剑般的冰凌时，我更加不愿意出门，像一个趴窝的母鸡，从早到晚猫在屋里。

实在憋闷得难受时，我会选一个晴朗的日子，顶着冷冷的太阳到黄河大堤南逛上几圈，透透气。只见收获了两季的田野正怀抱着冬麦在大雪的覆盖之下，进入一个漫长的蛰伏期。在一场大雪面前，整个村子陷入夸张的寂静，听不到平时人欢马叫的喧嚣和鸡鸣狗吠的凌乱。

溜河风靠近村子时，风声大得有点骇人，吹着响亮的口哨，把院门吹开又合上，合上又吹开，受尽了窝囊气。我坐在火炉旁，把炉火捅得旺旺的，把从墙壁缝隙中溜进屋的寒冷重新逼出屋外。随手在炉沿上放置几块红薯，传来微小的东西在红彤彤的炉膛里噼啪炸响的声息。当我吃着香甜的烤红薯时，才体会到日子的充盈和温暖。

在这样的雪天，一些体衰的鸟儿往往被冻死在雪地上，残存的一丁点体温很快被寒冬驱赶尽，它们被冻成冰块一样坚硬的身体和僵硬的地面连在一起，捡都捡不起来。风吹来时，翅膀上凌乱的羽毛抖动几下，旋即又归复平静。一起被留在冬天的还有一两棵老树，它们像村中的老人，苦撑了一个又一个春秋，在这个雪天它们大限已至。当大地回春，别的树木被阳光唤醒时，它们依然长眠不醒。

那些留在雪天的鸟儿和树木，和经历了一次又一次雪天的我相比，说不出哪个幸运哪个倒霉来。死去不一定痛苦，活着的不一定幸福。凭我在村子里生活了三十多年的经验，依然无法界定这个问题。

同样的雪天，同样的火炉，让我记起的许久之前的场景都层层叠加在一起。一个又一个的雪天，像一把把钝锉，在不知不觉中把我的生命磨得又薄又短。

雪　天

　　挥舞着扫帚在院子里扫了几下雪，我就气喘吁吁，身上升腾的热气从棉袄里冒出来像刚出锅的蒸笼。生为庄稼人，却不适合干庄稼活，真让我很尴尬。母亲曾戏谑我是公子的身子、奴才的命。我本来是不情愿打扫这场雪的，太阳一出，雪不就融化成水了，流一身汗费那番冤力气干啥。但终究拗不过母亲的唠叨，我只有快然地服从了她的指令。

　　这场戛然而止的大雪估计全部落在夜里，早晨拉开窗帘的时候，厚厚的雪就把院落里的物件给包裹得严严实实的，一点也看不出物件本来的面目。只是残留在树枝上的积雪在溜河风的挑逗下，又零零星星地落下几粒。上帝是个擅长恶作剧的孩子，总会冷不丁地给你一番惊喜。

　　入冬以来就没认真下过一场雪，今年夏天雨水比较勤，好像积蓄在冬天的雪早已在夏天以雨水的形式下完了。

　　刚迈进腊月门时，落过一层薄薄的雪。时令已到惊蛰，但温度稍高，不适宜落雪，形状各异的雪往往还没落在地上就融化得无影无踪。省了打扫的事了，弄得地面上湿漉漉的，好像婴儿在尿布上留下的杰作。

　　没雪的冬天，我总是感觉缺少点什么，闲来无事就抬头望望北李村上方的天，偶尔有几片云翳飘过，被溜河风一吹，就四下散去。看来下雪无望了，我把期盼下雪的心也颓然收敛起来。昨天响晴响晴的，连一丝云彩都没有，根本就没有落雪的迹象，反而在夜里落了一场大雪。

春节是全村人的节日，雪天是我一个人的节日。几乎每个雪天，我都会穿着臃肿的棉衣去黄河大堤南的河沿看看黄河，那种景致和平时大相径庭。童话般的雪原，在黄河边漫无目的地走上几个小时，感受凛冽河风的同时，也接受冬天庄严的洗礼。一个冬天倘若没有雪，好像阳光明媚的春天没有萌芽一样，未免觉得凄凉而冷清。在我苦苦的期盼下，这场雪终于落下来，我用手在院子里的雪地上测量了一下，足足有一拃厚。下得场面有点失控。好像把积攒了全年的雪都集中在昨夜一股脑地落下来了。

清扫完院子里的雪后，我汗水淋漓，招架不住身上冒出来的热气，索性把棉袄脱掉。一刻不停闲地劳动，就把雪天的严寒硬生生地阻挡在体外。接着打扫大门前的雪时，我开始缅怀夏天。夏天热火朝天的双抢，会让人怀念冬天的酷寒和清闲；但冬天的无所事事，又会让人格外怀念手持着各种农具度过的夏天。拿村里德祥的话说，人就是一种犯贱的动物，看见别人挠虱子，自己的头也跟着痒痒。

德祥刚过六十，侍弄起庄稼来是一把好手，在城里挣了大钱的儿女想让他离开黄河滩，闲下来享几天清福，便苦口婆心地劝他把四五亩地承包给别人。在黄河边的土地上刨挖了多半辈子，德祥把土地承包给二尖嘴时撂了一句狠话说再也不种这王八×的地了，一想到四五亩地全靠他一个人伺候，他就心慌。可第二年的夏种秋收时，大家都忙得屁股朝天顾不上和他搭话，当了甩手掌柜的他只好站在路边眼睁睁地看着大家忙活。人闲得百无聊赖的时候比忙碌得没日没夜时的心情更为焦灼，本来把时闲时忙安排得错落有致的一年，突然光闲着不忙了，条理分明的生活一下子全乱了套。土地包给别人一年，等第二年二尖嘴刚把黄豆收割完毕，他又要了回来，说忙死也比闲死幸福多了。村里人见他举止可爱，拿他之前把地包出去时说的狠话将他的军，他不好意思地搓搓手无言以对。

门前的雪刚扫了一半时，隔着几堵墙传来小坏头和他媳妇兰妮吵架的声音。刚开始还压抑着，声音像从两层被子里沉闷地传播过来，生怕家丑外扬让别人听见笑话，后来无所顾忌声调渐渐高昂起来。他们或许认为，大家都忙着清扫自家的门前雪，谁有那份闲心听他们的争吵。可他们似乎忘了，扫雪时忙碌的是手脚，不关耳朵的事。七嘴八舌地争吵的时间久了，我才逐渐理清他们吵架的缘由。小坏头是嫌兰妮劝阻他去玩牌了。一个要玩牌一个阻拦，这架就不可避免地吵上了。

随后，他们的争吵逐渐升级，感觉嫌用嘴吵不过瘾，最后手脚并用，几声巴掌击中脸庞发出的酣畅淋漓的脆响之后，接着就是锅碗瓢盆摔在地上炸开花的交响曲。

摔吧，摔吧，狗日的你们，真是吃饱撑的。摔个家什有啥本事，真有能耐就把房顶给挑了，日子别过了吧。我在心里暗暗骂了几句，接着埋头扫雪，无动于衷。

我也试图放下手里的扫帚去小坏头家劝劝架的，轻量级和重量级交手，最后吃亏的是哪一方一点悬念都没有。兰妮身材魁梧像一截铁塔，身高和我不分伯仲，丰乳肥臀的，看上去像一头犀牛。不知底细的人，会误以为她是退役的铅球运动员。小坏头不到一米五的身高站在兰妮面前怎么看都像一对母子，但没人否定他们的婚配。他和兰妮交手，还没短兵相接，胜负早已分明。遥想小坏头娶亲当年，兰妮在婚车里等着他背回家，那无异于蚍蜉撼树，他试图背了几次均以失败而告终。是兰妮出于怜悯之心，弯腰把他抱起来，进入洞房的。小坏头躺在新娘子怀里的模样，把村里看热闹的人逗得哄堂大笑。

看来这两口子光顾吵架了，连门前的雪都无心打扫。踩着小坏头门前的积雪，我抬手想敲门时，思量了片刻，又把手缩回来，接着打扫自家门前的雪。我想，反正兰妮也不想后半辈子守活寡，顶多算是教训一下小坏头吧。雪天嘛，大堤前的麦田里又没有棘手的农事，大家闲着也是闲着，动动嘴吵几句动动手打几下，权当活动一下筋骨了。

小坏头和兰妮的争吵很频繁，像梁集逢一六三八的集市，这么多年我早就司空见惯。有一次小坏头家的厮打持续了一袋烟的工夫，厮打的不像对方的身体，倒像一下一下击中我的柔肠。我实在坐不下去了，怕兰妮真被他一时气急滋生出灭夫的私念，小坏头万一有个三好两歹，我这个当邻居的也没脸面在北李街面上活动了。当我硬着头皮走进他家院子里时，看到兰妮把小坏头结结实实地坐在身下，像一只青蛙坐在一只蚂蚱身上。小坏头趴在地上哇呀呀地乱骂个不停，无论他怎么挣扎都劳而无功。我捂着嘴，自己强忍着没笑出声来。

这架我没法插手去拉啊，我不能抢上前去帮小坏头把兰妮揍一顿吧。要是那样，小坏头肯定和兰妮联手反过来把我痛揍一顿。自己的老婆自己揍或者揍自己，都丝毫不过分，别人不能动一指头的。

尽管我表情严肃地从他家退出来，小坏头以后很长时间看到我，都感觉到不好意思。事后北李村传闻，小坏头一玩牌被他老婆抓住，兰妮回家就坐在小坏头的身上打毛衣、纳鞋底，直到小坏头主动承认错误或者气若游丝她才缓缓地站起来。

等我把胡同里的积雪都打扫完毕时，小坏头家的战事也终于告一段落了。我听见小坏头像一名凯旋的将军沙哑着嗓子吩咐兰妮下荷包面的声音，估计他累坏了，想吃点饭补充点体力。

地面上的雪扫完后，接着又打扫屋顶上的雪。在槐树的枝桠掩映下，远远近近的屋顶上，有几个人正撅着屁股忙碌着扫雪。

屋顶平坦如镜，清扫起来简单多了，用铁锨往屋后面一推完事。清扫完屋顶上的雪，我松了一口气，抬头望望天，有几缕稚嫩的阳光从蝉翼般的云层里透射下来。南面吹拂过来的溜河风携带着冬暖的温意，一晃而过。

从屋顶上下来，我跺了几下脚，把粘在鞋底上的雪震落，把扫雪的工具都归置好，怕凉了汗，赶紧找来棉衣穿上，包裹着身上扫雪升腾出来的热气，缓缓地向村南的黄河大堤走去。

距我三里之遥的黄河失去了涛声，被雪覆盖的一马平川的麦田渺无人迹，只有几株钻天杨裸着身体瑟缩在冰天雪地之间。站在大堤上俯瞰被雪粉饰过的雪国，我心里一阵失落感油然而生，自己好像一个在上帝面前失宠的孩子。

坝窝里的坟头，像圣索菲亚大教堂雪白的弧顶，通体折射出一种圣洁的祥光，消弭了阴森和威严之气，变得慈眉善目和蔼可亲。在里面躺着的逝者，夏天听雨降黄河滩，冬天听雪盖大地。

他们疲惫的一生终于歇下了，歇下了再也没有起来。他们把羸弱的肉身交给时间和土地来处理，把棘手的纷扰世事交给我们和黄河滩来处理。年不年节不节时，一些遇到难题的后人，同样虔诚地跪在他们的坟前，烧些香烛，祈求能掐会算的先人给指点一条明路。

回去时，来时路上的积雪被勤勉的人打扫干净，留下我来时踩在雪地上的足迹，经强烈的阳光一反射，依然分外刺眼。

冬天的一扇风门

  记忆中那扇风门与冬天有关，当咆哮的溜河风从堤南的黄河边登陆迈过大堤向北讨伐时，北李村的大街小巷都被吹着口哨的寒风给灌得满腾腾的。风所到之处，村里平时井井有条的秩序在瞬间被打乱了。风把地主婆家的搭盖麦秸垛的烂毡片送到光棍李五家，把光棍李五家的破鞋刮到地主婆家；风把一些风干的猪毛草刮得刺猬般偎着墙根滴溜溜疾走如飞，然后停泊在一家大门的门庭里，给清早开门的主妇一个小小的惊喜。

  在溜河风中丢失的小物件，会被另外一场反方向的溜河风送回来，物归原主。这就是冬天的溜河风在北李村里统领的哲学。

  风声紧要处——悬在村庄上方的大堤是去不得的，站在堤面上，感觉溜河风的力道和速度都被放大了成千上万倍，包裹身体的厚厚的棉衣形同虚设，根本起不到挡风御寒的功效。凛冽刺骨的寒风像老流氓的手直往你袖口裤管里伸掏，几乎在刹那间，会带走你身体上的全部热量，让你抖动着筛糠不已。

  当屋里的暖意被溜河风驱赶得一干二净时，祖父便把风门安在堂屋门外面，以抵御风寒，使屋里的人免受溜河风的侵扰。风门与门框连接的地方是两个活合页，以便于天气转暖时拆卸。风门是独扇，下端是潮板，潮板结结实实地固定在框架上；上端是分隔成窗棂样式的小格，被透明的塑料纸糊得严丝合缝，使用上既透亮又挡风。外面有了风门的遮挡，里面的大门只有到晚上才关合。风门的里腰间系着一条橡皮条腰带（那是用废旧的自行车内胎剪成的溜细长条），起着弹簧拉伸的功能，风门不受人的控制，就可以如电动门一样自动关闭。

孩提时代，背着书包放学后，每逢遭遇顽皮的孩子把从房檐上掰下的冰凌塞进衣领里；在院子里堆雪人时冻得两手通红，浑身直发抖，上下牙咯吱吱打架时，便火急火燎地拉开祖父家的风门，走进堂屋里，立刻体验到温暖全身的感觉。有了风门把溜河风关在外面，屋里就多了一层温暖，增添一份温馨，那是让人感到舒适的冬眠环境。那时的老屋，多是由厚厚的砖墙砌成，加上狭小的窗户。关上门，屋里光线暗；打开门，冷风直往屋子里灌。反复权衡，还是把门关上，忍受光线暗，家里能温暖点。

孩子们玩心重，每天出入来去的遍数多，总会把随手关合风门的事抛在脑后，祖父就会从身后严厉地叫着我的名字让我回身把风门关好，末了，祖父再训斥我一句："尾巴丢在门外了。"

打记事起，在冬天，祖父就使用那扇风门了。我猜想，估计是我木匠出身的二姑夫打制的。那时二姑夫和姑姑刚成婚不久。在我幼年的记忆中，二姑夫是个心性敦厚的人，他的木工手艺是数一数二的，我喜欢和他聊天，很随意，没有任何压力。风门漆成了橘黄色，颜色渐渐变得斑驳流离，成为暗黄色。下端的潮板都扭曲翻转了，风吹雨淋的缘故，板子的下面被水浸成锯齿状的水墨画，蜿蜒起伏。一角被岁月掀开，脱离了木框，远远望去，在阳光下就显得一派苍茫。

在风门上荡秋千是我和弟弟的创造发明，这也是风门除了挡风遮雨之外的其他功效。有一次，在我和弟弟玩性失控后，偶然发现了风门的另一用途。小我两岁的弟弟双手攀着风门的窗棂，脚下蹬住风门的下框，我往前一推，承载着弟弟的风门便沿着弧线画着四分之一的圆。在连续不断的运动中，看着风门上的弟弟玩耍得很惬意，我也如法炮制，攀上风门，让弟弟来推我，老朽的风门依旧画着四分之一的圆。

我没想到平生第一次靠自己的努力，离开地面的游走竟源于祖父的一扇冬天的风门。在这之前，无论是祖父母的怀抱，还是父母亲的脊背和肩膀，都和踩在风门上荡秋千的感觉大相径庭。这之后，无数次乘车和其他离开地面的或快或慢的游走感觉，都有别于当年在祖父的风门上荡秋千的感觉。

在我上高中的时候，祖父患了脑萎缩，步履迟缓，口角上经常流着一线黏黏的涎水，在冬天的阳光下伸缩着晶晶发亮。通常这个时候，风门是敞开着的，斜伸出来，像堂屋一个富足的器官。祖父不宜久坐，也不宜走长路。逢冬天阳光好的日子，祖母就把祖父从堂屋里架出来，活动一下筋骨，晾晒一下太阳。祖父坐在圈椅上，椅子上垫着厚厚的褥子，手边放着一根乌黑锃亮的枣木拐杖。祖父的身边是一棵五十年树龄的枣树，四拃多粗，皲裂的老树皮脱落，新树皮滋生，在暗中遵循着新旧更替的自然法则。

冬天，祖父就笑眯眯地坐在院子里，背后是红砖绿瓦的堂屋，西边是低矮的墙头。布满了苔衣的绿瓦垂着耳朵，似乎在倾听着村庄里幽深的秘密。刚过六十岁的祖父通常一个人斜着身子坐在圈椅上，呆愣愣地沐浴着冬天的阳光，像卑微的臣民接受浩荡的皇恩。我每次去祖父的院子里看望他，首先打量的就是祖父经常晒太阳的地方。喊一声"爷爷"，他就很灵敏地扭转过头来望着我，在屋里捂得惨白的脸上就会绽放出车矢菊般的笑容。祖父"走"了以后，我每次去他的院落时，感觉祖父经常晾晒阳光的地方，显得空落落的让人心慌难受。

祖父年轻时曾念过几年私塾，他粗通文墨，是北李村典型的文化人。祖父爱读书，尤爱读历史类的书。一套民国版线装的

《三国演义》是祖父一生的酷爱，直到他晚年不能自己行走时，就戴着老花镜，双手哆嗦着捧读《三国演义》，在罗贯中构创的"一个波澜壮阔的历史时代，再现了群雄逐鹿、斗智斗勇的一个个精彩瞬间"中打发着生命最后的时光。

祖父走了，过了几年祖母也走了。在给祖母送葬的那天下午，我和祖父家的堂屋道别，和门框上的风门道别。在我熟悉的院落里，可以找到那些熟悉的印迹，察觉到老房默默的目光，我来的正是时候。那时我很平静，现实不允许我更深地沉入下去。

我只记得老院子像一个豁牙咧嘴的老人慈祥地等在那里，脱光了油漆的门窗，一垛灿烂的麦秸，一个静静的压水井。我拉开熟悉的风门，它还没有脱落，像堂屋颤巍巍伸过来的一只手。推开厚厚的板门，阳光一下子扑进屋子，在门口泻下一道光幕，一些尘埃在光幕中平静地盘旋，似乎在迎接我的来临。

暖冬的雪

　　一个冬天不知道要落几场雪，风调雨顺的年景就落得稠一些，每逢干旱的时节就落得稀疏一些。不管怎么样，一年落多少雨雪是有定数的，老天有时把冬天憋着不落的雪，换成雨的形式，淋淋漓漓，均匀地铺排在夏天。

　　在降霜后的秋天，乡亲们把田野里的庄稼颗粒归仓后，又把碾压后的豆秸玉米秸，整整齐齐地码在屋前房后的空地上，又把精心挑选的种子播种在犁耙后的土地里，终于把悬了整整一年的心，踏实地放在胸膛里了。用一种舒泰的心景来迎接冬天的来临。他们闲来无事时，穿着新崭崭的衣服串串亲戚，或者袖了手依偎着南墙根晒着太阳。

　　他们微薄的喜悦往往还没有把心浸透，随即，就被另一种来年的牵挂和忧虑淡淡地萦绕。是啊，当彤云密布的风雪开始塑造冬天的严酷时，缺水的黄土地就裸露出龟裂的土地。伺弄了大半辈子庄稼的乡亲们都心知肚明啊，这是干旱的预兆啊。土地和人一样，忙碌了三季之后，付出的太多，也需要在万物蛰伏之中，得到稍微的喘息和小憩，来缓解产后的阵痛和体衰。这时，最需要落雪的冬天给她披上一件雪白和温润的外衣。我们的黄土地母亲，亟待从雪的温暖和滋养中，汲取充足的墒气。

　　但是，整个冬天都是暖冬，整个冬天都是异乎寻常的暖流在黄土地上徜徉。望望天上的云，也是干净得不带一丝一毫的水分，在村庄的上方还未来得及驻留，便逶迤而去，根本就没有落雪的迹象。

　　不知道什么时候雪会落在村庄里，只是第一把扫帚在红砖绿瓦上响起的时候，沉寂多日的村庄才逐渐热闹起来。在这个寒冷的冬天，能落一场雪，真是一种久违的感动，一种贴心的温暖。一场纷纷扬扬的雪，足以让万物沉睡，享受一种静谧的温暖。

　　雪是下着的，不大，没有形成耀武扬威的磅礴气势，被南来的溜河风裹挟着，细碎、散乱、翻飞、下落。像细琼碎珠被一个调皮的孩子漫天抛撒。村庄上空的颜色暗淡下来，没有了雪前的亮丽。如分娩后的产妇的脸庞上平添了几块暗斑。这样的天气下起雪来，倒有几分不真实的感觉。但抬抬头望望天，雪分明是下着的，不紧不慢，有点偷偷摸摸的猥亵感，但雪落到脸上，也有种刺骨的冷彻。

　　就这样，一场雪一下就两三天，溜河风也耐着性子刮了两三天。小雪，溜河风，谁都不服谁，都暗暗地铆足了劲，不依不饶，就像是在使小性子，两者纠缠在一起，或者说就是在相互角力，无声地较量吧，只是不分伯仲，僵持了好长的时间。

　　而冬季也因雪的覆盖变得丰润了许多，于是那久候的冬天也因一场雪的存在而变得更加妩媚生动了。想想明年解冻了的土地上，父兄喜悦地捧着湿漉漉的黄土，为秋日的收获撒下第一粒种子的时候，他们空泛的心才能够得到丝丝缕缕的抚慰。

　　三天后，村庄便是一片纯白。

　　纯白的是一马平川的黄土地，但疏落的白杨树从路边或田野里延伸过来。高处的田埂上没有雪，裸露出泥土的本色，像深海里探出的鲸背。不远处，还挣扎出一两株狗尾巴草的苦穗，与过路的风握手言和。低洼的，则是方方正正的田地了，庄稼黄熟时，宛如铺展了一领苇席，现在被雪平铺，看上去很舒服和纯粹，间或有几处干燥异常，是因为鼠类的活动残留的痕迹。

绵薄的雪经不起太阳的热情，僵持不多久，雪便融化了，残留几滴清泪。在雪中裸露出的太阳一冒头，可不就统统融化了，残雪像爷爷劳累时随手放在田野里的羊皮坎肩，就构成了大片田野的绝佳背景，麦黄、雪白、天蓝、泥土暗灰，树木苍白，大小的麦秸垛高低错落，形成了静静的村庄，在薄雪之前，像一头安详的老牛，缓慢地反刍岁月。

麻雀排着方阵在空中快意地翻转，斑鸠三五成群地不断俯冲下来。玩累了就在麦秸垛旁寻觅遗落的麦粒填充着它们永不知饱的肠胃，折腾累了便躲藏在麦秸垛下取暖。不识闲的孩子有时会惊扰它们的酣梦，把酣眠的麻雀们给惊飞了，天空湛蓝，它们的身影，划破一片深幽的宁静。

冬天来临前的准备

　　一年到头究竟要落几场雪，去问问伺弄了一辈子庄稼的五保户，他不知道，但假如地里少了一个麦捆子，五保户一眼就看出来。去问问放羊的憨冬，流着细亮口水的憨冬会嘿嘿一笑，来拒绝回答，但假如少了一只羊的话，憨冬能心细地发觉。这个比方程式简单得多的问题，别人不知道，其实麻雀知道，狂疯的孩子知道，沉默不语的村庄也知道。

　　把金灿灿的黄豆灌进布袋时，会发现颗粒归仓的田野里有一堆新鲜的浮土，有多年黄土地生存经验的人都知道，那是搬仓鼠倒腾窝时，清理出来的泥土。假如有收秋时没有用完的劲，就完全可以释放在这里了。拿一把铁锨，沿着搬仓鼠曲里拐弯的窝一路穷追不舍地挖下去，差不多能挖出十多斤的黄豆来。那黄豆纤尘未染，排列有序，新鲜温润，一看就知道是搬仓鼠昼夜劳动的成果。一只或一窝搬仓鼠躲开人们的视野，鬼鬼崇崇地潜伏到黄豆地里，用锋利的牙齿剥开饱满的豆荚，填充自己的口腔后，再返回到搬仓鼠窝的粮仓里，这样反反复复不知道要奔波多少次，才能填满可观的粮仓。

　　作为一个在黄土地里刨食的人来说，我很能理解搬仓鼠在冬天即将来临前深挖洞、广积粮的心情。对人来说，粮食是冬天的棉衣，同样，这话也恰如其分地用在搬仓鼠身上。从今年的深秋到来年的春暖花开，这个过程比较严酷而漫长。现在，对它们而言解决粮食问题是头等大事，温饱不能很好地解决，必然会产生祸端，人类世界就给了它们很好的启示。假如在食物上没有富裕而充足的储蓄，那生命就会受到严峻的考验和威胁。一些能飞翔的鸟类就选择去没有雪的国度来逃避风雪的侵袭。而能力极弱的搬仓鼠只能选择地下，挖掘很深的洞穴，辗转抵御饥饿和寒冷。当躲藏在洞穴里的搬仓鼠不幸遭遇毙命的厄运，而恰巧外出的搬仓鼠在返回后，发现洞毁粮尽，嘴边的粮食不翼而飞时，它们往往会选择在附近的一棵矮树的枝杈上吊死，来发泄对人类绝望的反抗。

诚然，也有一些粗心大意的动物，没有在冬天来临前做好充足的准备。很无奈地把自己的生命留在凛烈的北风中。开春阴冷时，在雪融冻解的田野上，我们不难发现一些被冻死的鸟儿和兽类的尸体，它们的毛发被北风吹得蓬乱，眼珠塌陷，爪足萎缩，僵硬的身体被风干得硬邦邦的。同样一棵老树也有可能被永远留在了冬天，当春天来临时，别的树木忙着发芽直到枝繁叶盛时，那棵老树还摆着一副没醒来的姿势，时间长了，人们才知道，这棵树已在冬天的某个日子里死去。

同样，也有很多老人选择独自在气温骤变的冬季乘鹤西去。冬天，北风怒吼，黄河岸畔的老人离世的就特别多，像生怕黄泉路上孤寂，商量好一样，一起上路。漫天飞扬的雪花，转眼间成了孝子贤孙一身的素缟。在黄河大堤上行走时，就会冷不丁地遇到一只蜿蜒数百米的送葬队伍，唢呐呜咽，锣鼓喧天，哭天抢地。人为地制造出悲伤的声响，正好打碎冬天的沉寂，雪白的纸幡，挥散的冥币，又暗合了冬天的黄土地被雪覆盖的纯白。死者长已矣，生者尚悲歌。那些活着的乡邻在陪着死者的家属悉数落了几把泪水后，又感慨人生的反复和无常。包裹了死者的坟墓，很快又被降临的雪给抹平了突兀。

有牲畜的乡亲们，就趁一个风和日丽的天气把黄河滩的茅草打净，再把碾压黄豆棵溜出来的豆荚的角皮、花生秧、红薯秧堆积在风吹不着雨淋不着的干爽角落。看着这些高高在上的草垛，乡亲们的眉眼就会舒展开来，这些牲畜的饲料就会适量而均匀地撒在它们一日三餐的食槽里。这些牛啊马啊羊啊的，是乡亲们的主心骨，也是他们的所有家产。试想一下，缺少它们的日子，庄稼人的日子是如何的雪上加霜。结实的黄土地翻腾成波纹状的细浪，那些饱满的种子又是如何伴随着耧穗子撞击耧槽的叮咚叮咚声播入土地里，收割后的庄稼又是如何被排子车拉着进入场院里，在场院里翻晒成熟的庄稼又是如何由牲畜拉的石磙进行碾压？碾压后的豆秸麦秸又是如何从容地拉到堤北的院落里。这些连锁性的劳动一旦离开了牲畜的帮衬真的寸步难行。在补丁摞补丁的日子里，那是牲畜与乡亲们一起支撑着苦寒的日子。

春天的播种，夏天的耕耘，秋天的收获，似乎忙碌的一年四季就是为了过冬前的准备。当秋天来了时，田野里的庄稼说黄也就黄了。溜河风从黄河边吹来时，风便一阵紧似一阵，一天天冷似一天。在黄熟的秋天里，果实离村庄更近，学会自己朝自己舞镰吧。把果实和庄稼的植株剥离后，再趁着溜河风扬撒出来，颗粒归仓是整个秋天的中心思想。等把角皮也拉回家了，把场院收拾得像猫舔一样干净利落了。男人才可以抽出手来，把女人拾掇妥帖的红萝卜胳膊和白萝卜大腿埋藏在向阳的干爽地里，上面再很科学地竖起一把玉米秸，使里外气息畅通，才保持那些萝卜鲜活如初。过冬的食粮该屯积的屯积妥当了，在漫长的冬天才可以过得有条不紊。

为了迎接冬天的来临，需要我们做的事情很多很多，如天上的繁星，耐着性子数也数不清。放下排叉的女人，赶紧把该拆洗的棉衣拆洗完毕。去年汗水和灰尘都藏匿在棉衣的外表和棉絮的经纬里，摸上去硬邦邦的，如果不拆洗，冬天里穿上一点也不保暖，风会顺着袖口和裤口往里钻。男人把跑风漏气的屋顶附加点玉米秸，再糊上一层拌有麦糠的泥巴。再把废弃的农具压在房顶上，防止来势凶猛的风把屋顶给掀翻。其实，一间泥土房比一位风烛残年的老人坚强不了多少，一阵风会把它吹垮，一阵雨会把它淋塌。即使给它覆盖上厚实的麦秸上去，也避免不了在冬天风吹雨打的霜天里，在檩条间缀满晶莹剔透的冰凌。

在村庄里，延续下来的风俗把男人和女人的分工，划分得泾渭分明。男人有男人的事情，同样，女人有女人的事情。谁也不和谁掺和。只有晚上熄灯后，男人和女人才共同干一件很神圣的事情，相互配合，互通有无。

女人做的活细致和轻省一点，作为一个男人，他需要做的活相对来说粗糙和沉重一点。比如男人把炕道疏通利落，又把冬天取暖的火炉给重新砌了一遍，这样在严寒的日子给生活加一点温暖。在一个明朗的午后，借来斧头把堆积在墙角的木头给劈开，这样在蒸新馒头时就省得慌了手脚。

等把过冬的事情安排妥帖了，就可以在风雪咆哮的日子里，与家人围坐在火炉旁，听风拍打窗棂的声响，心情极为舒泰地铺排着来年的农事。

月亮快圆了

暑热过后，当微凉的空气中有秋风骚动的时候，中秋也就到了。抬头望望天，农历的七月初八，月亮很亮很圆。站在京东的小公园里，看月，心情感觉很爽。

没有人和宠物狗走动，夜幕降临后的片刻，世界把安静的一隅独留给我，四周黑黢黢的，只有草丛里的昆虫在吹拉弹唱。隔墙而望的是一墙葱葱郁郁的爬山虎，硕大的叶子在晚风的撩拨下，哗然作响。那些平常看似很安静的小物件，在特定条件下，也制造出令人侧目的动静。

天空冷峻而辽远，在静谧的月光下，晚来的风把我的思绪吹入隐秘而深邃的村庄。我依然孩子般，把目光锁定在灵魂脱离肉体的飞翔。随便一缕电光石火，游丝一般就可以抵达回家的路。它们陪着我，走进村庄，走进村庄的每一个细节，包括一种花开的声音，一种诱惑的感受，一次心灵的回归。

夜雾宛如一位白衣裙裾的女子，袅娜而来。这时，秋水四合，它横流在生命的存在与死亡之间。大地也一片素洁，空气澄明，纤尘不飞。我知道这水质的月亮，离收获期的芦苇很近，离我经夜的长梦很远。我知道，每个人的童年都被这月华如练给轻轻引渡，几个被命名和尊重的月夜过后，我已步入而立之年，在异乡已浑然不觉地丢掉少半生。

一道虚掩的门扉，开合着年复一年日复一日的出入来去。我知道，今夜的村庄里，母亲在摔打着花生，用粗壮的手掌打发一个又一个丰收在临冬前上路。他们已习惯了农事的繁重，紧接着秋收的余韵，他们随即在农田里做一年最后的一次征战。

发动思想的引擎，让我重新审视村庄的月亮，在风清月朗的中秋之夜，让我依然窥视完整的心灵，让我依然窥视五谷杂粮在简朴的传统农业里最初的形态，让我怀念濒临黄河的农家小院，经文般地诉说风调雨顺的年景。

饱含着浓郁的爱意，村庄如水的月光柔情地倾泻，在四邻八村，让我的内心沐浴在不施粉黛的恩泽中。多年的心动被从梦境深处唤醒，我终于闻到大豆、玉米、花生、红薯、高粱的陈香从朴素的柴门里飘逸而出，循着月光下瘦瘦小小的土路，记忆中村庄的月亮，一直让我美丽的心情在烦琐的日常节节开花。就连一缕溜河风的吹拂，也会让我满怀欣喜和感喟。

自从去濮阳上学后，基本上没在家里过过中秋节。背井离乡的旅程走得越长，柔弱的心便被磨砺得越粗硬，以至于日渐麻木了节日的君临。节日不节日的，我照样辛勤劳作吃喝拉撒。今年不知何故，在中秋还遥遥在望时，我回家的心就蠢蠢欲动。父母已步入年迈，秋收的庄稼需要一个年轻的身板去支撑。这也是我回家的一个理由。

幽暗的天空已遥远成一片无边无际的想象，月下的思念呈现微寒的诗意，我看见母亲的脸上挂着溜河风的泪痕，我的神经却因今夜的寒意滋生出繁茂的枝叶，生出窸窸窣窣的秋声，让夜幕深掩的祥和，在月亮照耀的村庄，如幸福的流水，漫过我的心田。

月亮快圆了，这时的月亮是最美丽的，因为它给人人月共圆的幻想。十五的月亮虽然美，但接下来就是不圆满。虽然大家都说十五的月亮十六圆，但是十七、十八呢？月亮圆过之后终究还是要缺的。这种铁律是任何事物都拗不过的。世界上美好的事物太多，人之所以烦恼，大多就源自对美好事物的留恋。

远离白日的喧嚣，远离尘世的困惑，站在灯火阑珊的都市的后面，让我在中秋来临之际，走进村庄高悬的月色里，在微曦渐浓的夜里，把梦擦亮，把回家的路擦亮……

中秋到了，有点想家了，孕生此篇文章，与任何人无关。

第五辑
大地上的事情

黄天厚土

田埂树

柽　柳

搬　仓

…………

黄天厚土

　　五月晚些的日子，枣花的清香将村庄装扮成芬芳的天堂，阳光从正南空旷的高处无遮无拦地流泻在清纯如水的院落里。当麦鸟的叫声在村庄的群尜昻里蹦来蹦去时，临近村庄田野里的麦子说黄也就黄了。从黄河岸畔刮来的溜河风懒洋洋地挥舞着金色的绢帕，被汗水浸泡的天空摆出一副深沉与尊严的姿态。

　　黄土地上的夏天里，拥塞的麦浪在一条条长方形的黄土高地里涌动着，像是在闹内讧或者风波，沉寂了多半年的黄河滩便平添了些许生机和活力。沿着时序的脉络一路北下的麦客潮汛般涌来，一个个古铜色的面孔嘶哑的嗓音在狠毒的烈日下彰示着内心渴望丰收的激情，性格温润的黄土地便在那一刻开始沸腾。

　　等颗粒归仓了，麦收前丰腴的田野，一片一片被剃了头的黄土地上，刺棱棱的，显得很无奈，顿时憔悴萎靡了许多。秋收后的黄土地，再一次呈现出麦子收割后的辽阔与空寂。蓦然回首。衣衫单薄的稻草人像是拾荒者，木讷地站立着，永久地守望着旷野，像是一个个颗粒无收的农民，在怅然中等老了面黄肌瘦的日子。稻草人随风舞动的水袖如一面生命的旗帜在往事的黄土地上猎猎作响，在忧伤的眺望中飘荡着难舍的眷恋之情。

　　闲来没事时，掰着脚指头细细琢磨一下，黄土地的春耕秋收其实就是一个潮涨潮落的过程。潮涨潮落，循环往复，没有开始也没有结束。着装朴素的乡亲们在远古的牧歌中谦卑地躬下腰身，捧起在心上祭奠了很久很久的弯月，然后把一束一束的阳光拢进怀里，拢进梦里。然后，便睡成田埂上一块憨厚的泥巴，依偎着风飞翔的羽毛入梦。

躺卧在黄河岸畔的村落从秋后到整个漫长的冬季都处于一种萧瑟土黄之中，所有的房屋和院落都是由土坯垒砌而成。土地的黄色是黄河中下游地带的主色调，夹杂着湿汽的南风刮来时，弥漫着浓重的黄土气息和麦田的清香。空气中飘着杨絮，像秋后的蒲公英，散漫而恣意。南风刮来时，会从黄河滩上带来皑皑的尘土；北风刮来时，会从村庄的角落里带走皑皑的尘土。南风和北风拉锯般地保持着地基的平衡，像北李村三百上下的人口，生老保持水平。无处不在的黄土随过路的风不经意间穿堂入室，一点也不生分地落在想落的地方，像个常来常往的乡邻。

到处是黄土的村庄里，路面根本不用铺沙垫石，平铺直叙的黄土一遍遍地被人的脚和家畜的蹄给踩踏结实了许多，便成了路。这种沙在阳光下闪烁的黄土路光滑平整，赤脚走起来惬意极了。尤其在微雨淋漓之后，黄土贪婪地吮吸着细密的雨点，松散的浮沙瓷实了，不仅没有丝毫的水痕，路面还略带一点柔腻酥软，好像海绵上铺了一层胶，如同面团一般，粘连性很好，踩上去不伤脚，走起来特别舒服。

生活在黄土地上整日与黄土烈日为伍的乡亲们，早已习惯在飞舞的风沙里行走，习惯了粗砺的溜河风划过脸庞的感觉。他们有着和黄土地一样酱紫色的皮肤和麦黄的脸庞。他们粗糙的大手扶持着曲颈犁耕耘着贫瘠的黄土地，粗旷的嗓门吆喝老黄牛的"驾驾、喔喔、噫噫"声响是方圆十里八村都能听见的豫东小调。他们侍弄着黄土地上的庄稼，不慌不忙间，自有一份与世无争的恬淡和宁静。无论黄土地承载着怎样的负重，他们都会用豁达而大度的心默默地去承受。夜幕四合了，落日在地边的杨树梢间隐匿，等一切都暗了下来，暮色浓得快坍塌下来，越来越浓的暮色就要把一个忙碌劳作的身影抹去。

可置身于棘手的农事之中，生活在黄土地上的人们并未感到这种挥汗如雨的劳作有如此的沉重和辛苦。因为他们从事的这一切，都是为了维持他们平凡而充实的生活，为了维系简单的一日三餐，为了传承一种被大都市与繁华所遗弃的简朴的生活方式。在他们看来，为了生活而耕种，为了耕种而收获，为了收获而劳作，这种劳动的轮回看起来似乎天经地义，无可厚非，根本不用渲染劳动的神圣和光荣。尽管是粗茶淡饭，尽管是惨淡经营，尽管是广种薄收，他们也把单调的日子调节得有盐有醋，有声有色，日出而作，日落而息，是黄土地上最忠实的守望者。于是，安身立命于黄土地上的乡亲们，往往出生于以黄土为底色的村庄，一生便与黄土相依为命搀扶而行，一个耗尽生命火焰的纯朴老人，最终又悄无声息地伴随着一株在黄河滩上茁壮起来的树木静静地躺下，被厚实的木板紧紧拥抱，植入那片生他养他的黄土地，在另一个世界依然望着这个被树环绕的村庄和子子孙孙的快乐与忧伤。

我接近村庄有关劳动的场面，要是累加起来不计其数。里面盛产着茧花和汗水，与诗人笔下的诗情画意的劳动场面没有任何关系。在绵延近千米的庄稼地里，只能窥探到那些春绿或是秋黄的庄稼，不见荷锄或薅草的劳力。往往要等到腰酸背痛，汗流浃背，我才会缓缓挺起腰身，一手擦着额头上淋漓的汗珠，一手握着刚拔起来的抓拉秧茫然四顾。

看不见首尾的春秋劳动旺季，披星戴月劳作的乡亲们早已忘却了脉络清晰的晨昏。司晨的公鸡都叫两遍了，还隐隐约约传来吭哧吭哧赶着排子车上堤爬坡的动静。我渐渐开始明白，为何他们的腰带上都别着旱烟袋和烟葫芦，稍有余暇，便蹲坐在田埂上，只能用袅袅的清烟来平和心中百结的衷肠和愁苦。

抽完一袋烟后，把旱烟袋窝朝千层底上狠力磕几下。烟窝里的旱烟丝的残余被清理殆尽，重新把烟袋别在腰带上。用手撑着地，慢慢舒展着立起腰身后，粗布裤子屁股蛋上就黏了两饼黄土印子，很抽象，很粗犷，极像印象派的画作。然而村庄里的很多老人似乎对黄土没有丝毫的在意。身上沾了泥点子，鞋底垫了厚厚一层泥泞，裤子屁股蛋上有了两饼坐印子也毫不在意。我感觉那坨泥子颜色纯净，是黄河的颜色，是阳光的颜色，那坨泥子没有一点难闻的臭气，它质朴，像黄土地伸出的一张手，往庄稼人的身上轻轻地拍了一下。

守候与逃离并存，忠诚与背叛齐飞。当一望无垠的黄土地上，长不出林立的高楼大厦、高昂的学费和娇美的新娘；当快餐时代的洪流席卷而来时，当黄土地如干瘪的乳房再也挤不出乳汁时；当财富漫天飞散时，黄土地的孩子便纷纷背叛了父亲的王朝，丢下锄头和镰刀，扛着蛇皮编织袋，乘坐南下北上的列车，驶向背离村庄的方向去寻觅不明朗的梦幻。他们是春天逆飞的雁群，改变了生活最初的方向，贫瘠的黄土地，让他们首先学会了迁徙。

诗意飞扬的芦花，沿着黄昏的视线浅浅飞翔。每个清晨，屋顶上袅袅的炊烟，像是大地竖立的一只只温柔的耳朵。远离黄土地的子孙们，无论走遍天涯海角还是踏遍千山万水，依然会有黄土地里的一株狗尾巴草、一朵迎春，逼近得让你无法触摸。

田埂树

　　有田地就有田埂，有田埂就有田埂树，它们在关系上是相辅相成、环环相扣的。

　　田埂树很随意，可以是一棵杨树、槐树、柳树，最不济的也是一棵不让人待见的桑树或柽柳（长在黄河滩的一种植物，成不了材，只供观赏）。动完地后，确定好地边，把随手准备好的鲜木头橛子砸进田埂正中央，这橛子就在来年的开春应冷时节，萌芽长成一棵田埂树。

　　田埂树起到一块界石的作用，帮助田埂两边田地的主人把好守好地边，一碗水端平，不向左偏，也不向右偏。想想吧，一个不会说话的田埂树比口齿伶俐的人要诚实得多，树倘若没人挪移它，它不会嫌贫爱富，自己挣开土地的羁绊左右前后自由移动。除非喜好亲地边子（爱占小便宜）的田地主人趁丈量土地的人散去了，把刚砸进地里的橛子拔出来，偷偷地往邻居的地界里移动几厘米，然后再以橛子为参照物，把田埂也往邻居地里神不知鬼不觉地移动几厘米，让站在地边目测的人，看起来田埂起码是笔直成线的。

　　记得有一次，我家的地和一爱占便宜的人紧临地边。对方占便宜有自己的绝招，常常不动声色，就把便宜占足了。每逢锄地时，不仅把自家田地中的草都除光了，还捎带着把紧挨着他们田地的田埂上的草都锄了，这样田埂的中心就往我家地里悄悄发生侧移。积少成多，等三年动地，父亲再丈量自己的土地时，猛然发现两家公用的田埂整个都位移到我家地里了，就是说他家侵占了半个田埂的土地，我家贡献出去半个田埂的土地，一个田埂的底部少说也有两拃宽，不要小觑这十几厘米，由于地长则近千米，短则五百米，长乘宽后颇为可观的面积也就出来了。三年下来，我家少收多少麻袋粮食啊。视田地如生命的父亲当时急了，让对方赔偿了五袋麦子，此事才罢休。

因为田埂树的任务就是把守好地边，两边的田地主人都不想让它长得高可参天，华荫如盖。倘若心慈手软地等它长粗成材，换取点微薄的木材钱，那需要牺牲多少粮食为代价啊。首先怕它粗壮的根根脉脉汲取土地的肥力；再则怕森严的树荫影响了庄稼的长势。由于三年或五年一动地，造成田埂树都是齐截截的短命鬼，短则三年一拃粗，长则五年一拃半粗，根本没给它们留足成材的时间。

大多数田埂树低矮成一团，猛一看像个圪蹴在田地间割草或摸瓜的黄河滩男人。当它的一个嫩枝拱出树皮，发一个芽，生几片叶，迎着溜河风狂长一季，待确信长安稳了，周围没有潜伏的危险性，其余的嫩枝便听从号令似的，一个接一个从树皮里探出头来。等被下地拔草或间苗的主人看到，手握镰刀的就把橛子上滋生的枝条割尽杀绝，没持镰刀的就用手把橛子上的枝条悉数拔尽，丝毫不留情。这样下去，几年后，一根鲜木橛子一直长不成一棵像模像样的树木，仍旧是截疤疤叉叉的树桩而已。不仅如此，树杈上还披挂着从田地里拔除的杂草和蹭磨农具滞留的泥巴。但它高不足半米，半米似乎是它生命绝佳的高度。可以想象出数年来，它曾经被无数的镰刀或铁锨砍伐过，被无数双手劈过。田埂树的根脉从肥沃的田地里汲取的养分输送不到枝条上进行光合作用，便在根茎间积蓄起来，越聚越多，使离地面很近的枝干过分壮硕，带有肿胀的气势。即使它粗壮的枝干上，幸存几根稀稀疏疏的枝条，不知被哪个好事者拧成一个活扣，今年的绿叶和经年的枯叶挣扎在活扣内外。这是黄河人怕田埂树的枝条蔓延遮住庄稼的阳光时，对茁壮的地界树惯用的伎俩。

但有必然，也有偶然。其中也不乏长成檩条的田埂树，它主要是站对了地方，那是一些站在村与村临界线上的树木。一个村的土地多少都已成定局，人多分摊的地就少，人少分摊的地就多，肥水不流外人田。三五年一动地，也是在以村为单位的内部动荡，无关邻村的事。

我家刀把地就是北李村最靠西边的一块地，和马庄憨小家的地邻边，在两块地的半腰站立着一棵柳树。印象中，从我刚开始持镰刀收割麦子时，这棵柳树就站在那里了。随着一茬又一茬的麦收，这棵柳树逐渐根深叶茂，遮掩的两块地周遭半圆形的麦子长势很差。在被树荫覆盖的麦地里落了一层白花花的鸟粪，鸟粪不仅落在麦地里，而且还落在麦子的植株、麦叶、麦穗上。从鸟粪的规模和稀疏程度上可以断定，是喜鹊所为。麻雀的粪便琐碎、硬朗，好像粉条的残渣。平时以麦田为家的喜鹊，吃喝拉撒都在这棵茂密的田埂树上进行。除此之外，估计它们还开个小团体会议之类，或者讨论下一顿的吃食是订在憨小家的麦地里，还是订在我家的麦地里。因为周边田地里种植的都是麦子，麦子太多了也不见得是件好事，它们常常为去哪家麦田里就餐而不得不谈论上大半天。

每逢如火的六月抢收麦子时，无论从南边往北割，还是从北边往南割，收割到半截时，也就到了柳树的界桩下。

爷爷站直身体捶捶酸痛的腰部说："在柳树下歇歇吧，这么多的麦子也不是一天收割完的。"

顿时，大家像得了赦令，纷纷丢下手中的镰刀，跑到柳树的阴凉下，稍微喘口气，再进行下一轮的收麦活动。以后，爷爷的那句话几乎成了律令，也成了约定俗成的惯例。无论夏天收割麦子，秋天收割黄豆，每逢收割庄稼的成员收割到柳树下时，都要歇息一番。直到几年后，爷爷因患脑萎缩去世，这个惯例并未因此而中断。

由于田地肥力足，灌溉也很频繁，水力又跟得上趟。这棵田埂树很快已长成三拃粗，它的生命也在它三拃粗的某一天戛然而止。

去年，我回家收秋，走到那棵田埂树从前站立的位置时，蓦然发现我的目光没有捕捉到想看的目标，被虚拟的空缺狠狠地闪了一下。原来，我熟悉的那棵田埂树早已不存在了，剩下的仅仅是一个碗口大小的树墩。初伐时雪白散发着树木清香的年轮，经过风雨的侵蚀和飞沙的覆盖，变得斑驳不堪了。尽管树墩的周边滋生出一两根幼细的树芽，由于条件所限，它们不可能长成母树的粗细。

"那棵树呢？被谁偷去了？"我问正在平地的父亲。

"卖了，卖了一百六十元，咱和憨小一家八十。"父亲淡淡地说，并没有因此中断劳动。

柽　柳

　　说来怪不好意思，时至今日才知道扎根于黄河滩被我称之为荫柳的植物居然还有一个生僻的学名叫柽柳。那可是被我叫了几十年荫柳、荫柳的，突然换成这个拗口的名字，还真有点不适应。不管我承不承认，植物学上还是把柽柳划分为柳树的家族。它除了一年落一次叶与柳树的脾性相近外，无论树皮的颜色和叶子的形状，都和柳树大相径庭。柽柳的树皮呈古铜色，倒是和桃树皮有点相近，它的叶子已革质化、枝上长满鳞毛；而柳叶弯弯秀长，像姑娘们俏丽的眉毛，柳枝上外表光滑，把它们硬扯上血缘关系，真有点牵强附会。真想不明白，把它归属于柳树类的依据是什么。

　　初次见到柽柳，是跟随父母去黄河滩的田野里劳动时，那是长在田埂上充当界石的一棵半米高的树苗苗，我立刻被它的姿态所吸引。只见它的嫩枝红得剔透，翠叶绿得晶莹，浓密的枝叶间还顶着一穗穗粉红花絮，好像降落下一小片彩霞。当溜河风夹杂着黄河湿淋淋的水汽吹拂而来时，只见那株柽柳迎风起舞，煞像一个身着红色裙裾的舞女在清泉流淌般的舞曲下翩然起舞，使我眼前一亮。在物种贫瘠的黄河滩，平时我见得最多的都是北方惯有的那些屈指可数的树木，让人匪夷所思的是，除此之外，居然还有顶着花絮的树种。当时的惊诧，不异于在一群衣衫褴褛的孩子中，突然出现一位打扮时髦的公主。

在黄河滩，我所见到的柽柳的植株很少有超过两米高的，以体形苗条轻盈的半大树为主，很少见到树干参天粗壮的。此外，还不乏枝桠横飞的树墩。柽柳的树干很少有笔直擎天的，长着长着，遇到南风，树干就往北歪；遇到北风，树干就往南斜。这可能是柽柳为迎合风向，而保存生命的一种手段吧。要不就是遇到砍柴的，把长成拇指粗的树干砍去当作填灶的柴禾。剩下深深根植于黄河滩的树根于心不甘就此沉寂消停，继续向上生长，向下扎根，它只是按照自己生命的指向，把生命的根基变得固若金汤，它把汲取的力量通过旁逸斜出的枝条给这个荒凉的世界点缀一丝绿意。身边无论是干旱雨涝，它们都默默地生长着，默默地述说着对大自然的敬畏。同时，也昭示着它凛然而不屈的生命底蕴。

柽柳，包括黄河滩所有植物，大都自生自灭，一年四季为庄稼忙碌的农人，没有闲暇关照一棵柽柳的死活。但皮实的柽柳不惧严寒酷暑，把发达的根须扎得更深。常常是树有多高，根须就有多长。为了汲取水分的需要，最长的根须可达三十多米，这是黄河滩其他物种无法企及的长度。因为柽柳有如此发达的根系，惜田如命的黄河人绝不允许它在田地里耗费肥力，看见一株就拔出一株，绝不纵容。所以，柽柳生存的环境就剩下一马平川的黄河滩了，那里才是它生命的舞台，一展风姿的亮场。

作为一个物种，无论卑微或者伟岸，在大自然面前都一视同仁。枯荣有致，生老病死，都没有丝毫的特权。等春天来了，柽柳古铜色的枝干上，萌发出鹅黄的嫩芽；等夏天来了，变得硬朗坚挺的嫩芽顶端，绽放出粉红色的小花。朵朵小花簇拥在一起，与远处平缓东流的黄河映衬着，显得绚丽而富有诗意，照亮了我曾经寂寞的内心。

在干涸贫瘠的黄河上，也偶有野鸭、天鹅等珍禽前来栖息，它们都是有翅膀的鸟类，可以随环境气候的变化，从而选择南来北往，择地而栖。相对而言，柽柳作为一棵树木，在哪里落草，就在哪里终老一生，整个生命几乎没有发生位移的可能。只能把根根脉脉伸展到黄河滩的更深处，不断地汲取着养分和水分；也只能把鳞状的枝和针状的叶往黄河滩的更高处延伸，吸收着空气和太阳的恩泽。与脚下这片土地荣辱共生，与旁边那条浊黄的河水不离不弃。

随着一年一度的秋风劲吹，天气渐凉，柽柳针状的叶子会随风落下。落在脚下的黄河滩上，细碎的褐色，像撒上一层薄薄的沙土。

搬　仓

搬仓祸害过几季的庄稼，我祸害过几窝搬仓，这事算扯平了，谁也不欠谁的。

在黄河滩的麦田里，盛产庄稼的同时，也盛产搬仓。搬仓对庄稼的危害极大，仅次于蝗虫。搬仓是黄河滩对田野里搬腾庄稼的田鼠的俗称，搬仓与居住在村庄里的家鼠最显著的区别就是，搬仓嘴廓是家鼠嘴的好几倍，和眼镜蛇的嘴有一拼。这可能是在田野里生活久了，种族发生变异的缘故吧。

大自然中，总有一些惰性的动物，在冬天的暴风雪压境之前，没有做好越冬的准备，或准备得潦潦草草，一点都不充足，于是生命的火焰便熄灭于某个突然降临的风雪之夜。

与动物相比，黄河滩的居民在冬天来临前，都准备得很充足，生怕遗漏了某些意想不到的细节。即使家庭中偶尔出现个别懒人，也不妨碍其他成员的越冬工作有条不紊地进行。他们总是耐着性子把田野里所有的庄稼都颗粒归仓，用金灿灿的粮食来增添与严酷的冬天抗衡的勇气和信心。当秋收的活动安排妥当后，便趁一个风和日丽的天气，尽可能把河滩上的草一网打尽，为一个漫长而寒冷的冬天备足牲畜的草料。把所有庄稼的秸秆堆积在南墙上，当树叶子烧完后，以备急需。

作为一个土生土长的黄河滩人，我很能理解一只搬仓面临冬天的心情。因为从今年的秋收到来年的春暖花开时节过程极为漫长，再加上暴风雪等恶劣天气的助纣为虐，倘若准备不充足的话，仅靠侥幸心理肯定是一种对自己的生命极不负责的行为。

候鸟一族，可以借助迁徙来寻找适合自己生存的环境，一些留鸟可以选择与黄河滩人一起迎接暴风雪的来临。而没有翅膀、缺乏飞行条件的小兽，比如本文的主角搬仓，只有靠深挖洞广积粮来抵抗严寒和饥饿。

不得不承认，搬仓是一种极为聪明的小动物，在时序刚迈进秋天的门槛时，它们就先下手为强，为越冬进行一次漫长而充足的准备。椭圆形果粒的庄稼是搬仓的最爱，一些块状农作物仅解日常饥饿之需，不在筹措越冬的粮食范围之内。

在储备粮食之前，它们要把去年的旧洞重新拓宽，根据鼠丁成员的多寡，来决定修葺粮仓的储藏量大小。可以想象，在半明半暗的月亮地里，一窝搬仓无论男女老少都加入修复洞穴的工程上来，有掏洞的、有扒土的、有往外搬运土粒的，分工极为明确。我真不知道，在搬仓的世界里，是否也有站在旁边背着双爪，啥活也不干，迈着官步的官鼠。我也不知道，搬仓中间是不是也存在一种沟通表达、发号施令、交流思想的鼠语。它们不至于把手势当成交流的语言吧，在行走时再用前爪打手势，肯定带来诸多不便。

为了防止夏天雨水倒灌，搬仓一般把窝选在高耸的地势处。尽管如此，也避免不了浇地时搬仓窝遭到人为的破坏，壮年的搬仓可能趁机逃生，其余的鼠子鼠孙就有被水悉数吞噬的危险，成了肥田的一小块农家肥。记得小时候，看见过文才大爷在自家菜田里用稀泥汤汤浇灌搬仓窝的情景。这样的灭鼠方式，倘若有条件值得大力推行，只要在村后的河流里挖回来半桶稀泥汤汤即可。在不毁坏田地的前提上，灌进去的稀泥汤汤把搬仓洞的角角落落都浇得严严实实，不留一点空隙，过不了几日，等稀泥硬化了，搬仓洞便和田地连成一体，即便虎口侥幸逃生的搬仓欲重建家园，也并非一件易事。浇灌稀泥前，单单留下主干道，把搬仓其余的洞口全部堵死，顺着搬仓窝一勺一勺的稀泥汤汤灌下去，用不了多久，吃饱喝足稀泥的搬仓就奄奄一息地迎着灌顶的稀泥从主干道里爬出来。搬仓全身被稀泥包裹着，像一只泥猴子，行动迟缓，它的眼睛也被稀泥糊住，辨不清脚下的路。它离开藏身立命的洞穴，只有死路一条。

搬仓集体发扬蚂蚁啃骨头的精神，成绩斐然，在搬仓的洞口附近，几日后，就堆积着一个个黄豆粒大小的土块，那都是搬仓搬运工一嘴一嘴从窝里衔出来的。当然了，就是这些新鲜的土粒，不仅暴露了搬仓洞口的方位，有经验挖搬仓窝的人会根据这些土粒的多寡来判断搬仓粮仓储藏量的大小。

等搬仓窝的清理工作告一段落，接下来就进入储备粮食的攻坚阶段。夜里，或者没有人影的白天，搬仓悄悄潜入果实饱满的黄豆（或者花生）田里，两只前爪搭在大豆棵上，用细芽芽般的牙齿把豆荚剥开，把晶莹如玉的豆粒嗫在宽阔的嘴里，直到嘴撑得不能再装一粒大豆为止，能多装就多装，搬运一趟是一趟的。然后，周而复始地搬运到洞里，这种工作一直维持到秋收工作接近尾声为止。

搬仓祸害庄稼，我们就祸害搬仓，这是一个衔接很紧密的食物链。从我十多岁起，就开始挖掘搬仓窝。这种行为，不仅能铲除祸害庄稼的搬仓，还能在搬仓窝里收获丰硕的粮食。黄豆一粒挨着一粒，排布得十分工整，另外，豆粒都干净如洗，没有丁点的泥土。往往是一窝搬仓男女老少准备了近乎十天半月的粮食，常常被我一锅端掉。那时年幼，喜好用阶级的眼光来打量搬仓，不就是害虫嘛，铲除几窝也权当为民除害。

在身体力行挖掘搬仓窝的过程中，我积累了不少对付搬仓行之有效的经验。找搬仓窝是最关键的一步，搬仓窝找得不对，或者选中一个遗弃了多年的洞穴，那你半天工夫肯定白费。最后，除了累出一身汗来，啥也挖不到。先寻找那些黄豆荚被搬仓嗑得较多的植株，在秋阳的映照下，翻卷的豆荚折射出白花花的光芒。另外，在一堆浮土附近寻找一个搬仓窝，肯定会大获全胜。都知道狡兔三窟，其实这句话用在搬仓身上也很贴切。搬仓往往在留出一个主洞外，至少周围还留另外几处出口，以备后患。即使没有人为的破坏，至少在天敌（蛇或黄鼠狼等）或自然灾害下，也能给搬仓家族多留下一个活命的通道。在动铁锨挖掘搬仓窝前，为了防止搬仓从逃遁口逃窜，先用黄豆叶把其余的洞口死死堵住，再用脚踩实。

接下来，就可以沿着搬仓窝直直的主洞口大锨大锨地挖下去，只要不让泥土堵塞了洞口即可。主洞大概半米深，半米以下就开始分岔了，变得四通八达，网络密布。搬仓窝的构造像一棵倒置的树木，主洞是树干，下面分岔是往下伸展的树枝。可以看出，搬仓的洞穴并非单一的一个洞，里边分为好多不同用途的洞穴，各有各的功能，如卧室、厕所、粮仓、哺育室等一应俱全。搬仓在打洞方面的造诣真让人叹为观止，这可是搬仓与生俱来的生存本能啊。

试想一下，一只侥幸躲过一劫的搬仓，从周围亲戚或邻居家返回到自己的洞穴时，仅仅看到一堆被刚刚翻动过、的泥土，尚能闻到泥土里散发出的熟悉的淡淡的鼠腥气，曾经出入来去的其他几个洞穴口再也不见了。看到自己的洞穴被夷为平地，鼠丁被人灭了，它的心情肯定会极为沮丧，那是一种病鸭子遭到黄鼠狼咬的沮丧，也是漏屋遭遇雨浸泡的沮丧。估计这只幸免于难的搬仓，连上吊的心都有。它若是看到背着从搬仓窝里缴获的战利品的蛇皮袋，肩上扛着铁锨的肇事者还未走远，它敢不敢追撵上去，龇着细长的鼠牙和那人拼命。设想仅仅是设想而已，最后的情景我没亲眼见过，但这只搬仓绝望的心情肯定是有的。

记得我和弟弟挖开第一个搬仓窝时，里面的黄豆大概有十七八斤，收获还是很丰富的。惹得旁边干活的常路大伯过来观看说："粮食真不少哩，这力气没白费。"当我们兄弟俩挖到黄澄澄的粮食后除了喜悦更多的是惊奇。要是挖到一个稍大点的搬仓洞差不多能挖到二三十斤黄豆吧！按当时每斤黄豆一块钱，也是一笔不菲的收入呢。

其实黄河滩也是人与动物共居的，作为人不能眼里光看着搬仓祸害了庄稼。人大面积地垦殖土地，也大大破坏了搬仓的居住环境，只不过搬仓不懂人语，没找到讲理的地方罢了。

一段夜路

其实，乡村的孩子不是吃粮食长大的，而是被吓大的。不管你乐不乐意接受，在你生命的不远处总有一段夜路耐心地等着你。夜路于人而言，就像精钢经过淬火精密加工的过程。当你独自一人、胆战心惊地走过这段夜路，也标志着你渐渐长大了。

条条大道通罗马，为什么非要走那段夜路，原因诸多。暮色四合时，非要在地里赶活，等活赶完时，天完全黑透了。去邻村看一场露天电影，过完眼瘾，等电影散场后，要独自顶着漆黑的夜色往家赶。时辰很迟，末班车都下班了，从外地回来风尘仆仆地连夜往家赶。诸如此类，都是走夜路的缘由。

我七岁那年，母亲为了赶活，等村庄里炊烟四起时仍没回来。等天完全黑透了，我估摸着邻居都喝完汤，刷完锅洗好碗没事了，还是迟迟没听见母亲拖着疲惫的身躯推开院门的声响。因为过了晚饭点很久了，我饥肠辘辘的，对母亲一心劳动的做法意见很大，自己赶活就赶活吧，害得全家人都跟着挨饿。那时已过深秋，冷清的灶间让我心灰意冷，没有母亲的家，显得角角落落都被凉意充塞着。思量再三，我决定去堤南的黄河滩寻找母亲，结果我扑了空。

从家到黄河滩大约三里地，先翻过黄河大堤，再沿着东南走向的一条直达黄河滩的土路，一直走下去，等土路快走到尽头时，再向右拐上小塍后，母亲劳动的地块就近在咫尺了。平时经常跟随母亲上地下地，这条路的方位完全印在我记忆中了。尽管如此，可我晚上从来没有单独走过这段说长不长说短不短的三里路。越过大堤，走在通往黄河滩的土路上时，我心里一点也不害怕，心想反正母亲正在黄河滩干活呢。可以说那晚，母亲给我起到导航灯塔的作用。路上不时碰到荷锄回家的乡亲们，走到对面已看不清眉眼了。

结果，等我沿着小塍走到自家地头时，朝着黑黝黝的田野喊了母亲几声。急切的声音随即被夜色给吞噬了，像一小捧水被大海吞没了一样，黑夜笼罩下的田野显得空荡荡的，没有听到母亲的应答。我失算了，事后才知道，母亲是沿着大堤正南的小路回家的。那一刻我沮丧极了，来时路上积蓄起的勇气宛如开闸的水，在瞬间流淌完毕。此时此刻，我就像身陷漩涡，而手里的救命稻草不翼而飞，仿佛我周围的事物都消失殆尽，剩下孤独而幼小的我成为夜的核心。我鼻腔一酸，嘴咧了两咧硬是没哭出声来，我怕哭声会招来在夜间巡逻的小鬼小怪。它们要是知道幼小的我一人站在夜色的田野里，用铁链子往我脖子上一套，把我带到阎王爷面前去交差，我这辈子恐怕就见不到母亲了。

乘兴而来败兴而归，我心里的沮丧像夜色一样浓酽酽的，化都化不开。来时的路上心里残存的立刻要见到母亲的喜悦之情荡然无存了，害怕也掺和着夜色趁火打劫，巨大的恐惧压迫着我脆弱的神经。在漆黑的夜里，我的眼睛失去了用途，越辨不清脚下的路，眼睛睁得越大，眼珠似乎要从眼眶里蹦跳出来，递到我手里当拐杖使唤。

那天晚上，天彻底黑透了，无边的黑暗像无数座煤山矗立在我的四周，以泰山压顶之势直戳戳地朝我猛压过来。我内心的恐惧像浸过水的馒头膨胀起来，有种窒息感从我的胸腔里慢慢浮出来。路两边的树木和田野里没砍倒的玉米秸与黑夜结成同盟，朝我板着脸，在微微蠕动的溜河风中为黑夜摇旗呐喊。我意识到这个世界真的把我孤立起来了。

尽管害怕，但家是一定要回的。下了小郾，沿着通往黄河大堤的土路小心翼翼地朝前走。溜河风吹动杨树叶哗啦啦地响个不停，它像黄河里一波一波的浪头席卷过来，又随着风席卷而去。即使看不见，我也知道站立在田野里的玉米秸，肯定像一群叫花子弯腰驼背地依偎在一起，像受到抖动的杨树叶感染似的，也浑身抖动不停，玉米秸与玉米秸之间的摩擦，玉米叶与玉米叶之间的纠缠，响成一片，像成群的贼躲在玉米地里疯狂地掰玉米。尽管我知道目力在黑夜里被限制，我还是环顾左右，周围黑黢黢一片，连一点影像都没有。各种响声几乎交汇成一张声音的网——哗啦啦的树叶声，窸窸窣窣的玉米秸响声，黄河里波浪轻拂岸边的声音，大堤上夜行车的引擎轰鸣声。除此之外，偌大的黑夜里，只剩下一个胆战心惊的我。

临近大堤根的土路旁，是外队的一片馒头般的坟地。坟地历史悠久，庇荫坟地的柳树粗达一抱，白日经过坟地时，都显得阴森可恐。那夜，那棵柳树像守候在坟地旁的巨人，伺机而动，溜河风刮过柳树枝发出尖锐刺耳的鸣叫声。经过坟地时，我似乎听到如海的风声，我感觉自己是漂浮在海面上的一叶孤舟，失去掌控般随波逐流。

通往大堤的这段土路，似乎是我平生走过的最漫长的一段路，好像穷尽我一生的精力都无法走到尽头。

当我脚步不停地迈向大堤根下的马道时，才稍微喘息一口气。我知道，过了大堤，离家就不远了。黄河大堤似乎是把我和家隔离开的最后一道屏障。想到这里，我疲乏的身体似乎又注入一股生气，鼓鼓劲，一口气走到大堤顶端。当我站在大堤顶端北望，看见一村的万家灯火时，我虚脱般地一屁股坐在大堤的界碑上。堤高助长了溜河风风势，等绵延不绝的风吹拂而来时，才感觉浑身凉丝丝的，知道连累带吓，自己身上的衣服被汗水濡湿，头皮发麻，肌肉僵硬。

其实，母亲并不知道我黑着天去黄河滩找她，她也不是诚心把我晾在黑夜的田野里，让我饱受恐惧的煎熬。我徒劳跑一趟，结果从哪里去的还回哪里来。尽管那晚，我被溜河风鼓噪起的响声吓得失魂落魄，但在黑暗面前，我没有退缩，最后挺了过来，起码在胆识方面，经过了一次历练。

在大堤顶端稍停片刻，走进村庄时，看到一户人家的院里灯火通明，敞开的院门里流泻出的灯光像一扇新崭崭的杨木门铺在门口，在田野里憋了很久的泪水终于喷涌而出。哼哼唧唧地，我从进入村庄的那一刻起一直哭到家门口。站在院门口的母亲听到我抽泣的声响，大老远问是不是小庆时，我也不理识，躲避开她朝我伸过来的手，大步流星进了院门，像被人欺负了的老实人。

那晚，我自始至终都懒得说一句话，连晚饭都没吃，进门就爬上了床去睡觉了。那夜没睡好，浩浩荡荡的溜河风声贯穿我整个梦境，其间与各种声音的网交织在一起，一夜都没有停息。

一条两步宽的土路

　　雪后的村庄，删繁就简，使人的眼前蓦然一亮。当桃花汛流行的季节，整个村庄春水浩渺，破败的瓦当被雨水洗刷得清新晶亮。落寞了一冬的土路便挣脱风雪的束缚，躺在堤南默默向黄河边延伸，像庄稼汉解下的一根旧腰带，随手丢在田间地头。

　　两个邻近的村庄亲切地握手时，便产生了土路。土路一般很狭窄，只有两步宽。土路两旁有庄稼地，庄稼地旁有钻天杨，远望是黄河，便也引出夏季汹涌的涛声和冬季咔嚓作响的凌声。从定义上来讲，它不是严格意义上的路，充其量是肥沃的田野共同抛弃的一小段荒废的地头进行的合并同类项的结果。没有大型车辆的轮胎留下的痕迹，无论是有风还是没风，一个人或者一头牛、一匹马从路上走过都会扬起阵阵浮尘，留下各种形状深浅不一的脚印，大如墩碗口，小如杨树叶。

　　秋收季节，土路和田野一起负重。新旧不一的排子车载誉归来，被黄牛拉着，步履踉跄。若几天前下过雨，路面就被雨水泡得发软，软得失去了黄河人的血性，辚辚的牛车驶过，便留下两道轧入土路到晴天也难以弥合的深深车辙。那烙印在土路上的辙痕成了一份永远的怀念。乡亲们勤劳得像卖力的工蜂，春种秋收，披星戴月，起早摸黑，他们一年四季地付出，淋漓的汗水打湿了土路。

　　与忙碌的秋季相比，清晨的土路寂静得无以言说。黑暗刚刚退去，村庄正从寂静中醒来。酣睡了一夜的土路从早晨开始复苏。在还没有人迹的时候，大地默然如佛。一夜的雾露湿润了路面，钻天杨的半腰飘浮着流乳般的地气和雾霭。毕竟此时土路空旷，行人稀少，有一种难言的宁静。

　　早晨第一个行走在土路上的人是幸福的，或者是一个去学校早读的孩子，或者是一个早起背着粪筐拾粪的老人，或者是一个去邻近村里赶集的生意人。他们行走在厚实的土路上，会感到大地的平稳和坚实，能察觉到无边的幸福像田野里游荡来游荡去的风，无处不在。这时，大地上的一切事物都尚未在远方的地平线上初露端倪，当太阳从鸟巢里孵化出来，大地开始裸露雏形：这片是三老孬家的菜地；这片是憨二家的果园；这片是瓢把家的麦田……那些在土路上匆匆赶路的行人，没有闲情雅致来欣赏如花似玉的原野，脸上的神情紧张而忐忑，他们走在时间的前面，最懂得生活的艰辛和奔波的劳碌。

　　在整个漫长的夏秋两季，土路被过路的溜河风从黄河滩裹挟而来的黄土严严实实地覆盖着。路边的节节草、柽柳、金溜嘴、老牛拽和一些不知名的花都被蒙上一层厚厚的尘埃。植物的绿色在这里被掩饰得很深，深得连季节的目光都无法抵达。

　　晴天穿着鞋走，雨天光着脚走。村里人谁也说不清在这条路上走了多少次，谁也说不清带走多少方黄土，谁也说不清留下多少个脚印。许多个星稀云淡的日子，乡亲们用赤脚亲近土路的肌肤；歇脚的黄牛用湿漉漉的嘴唇触摸泥土的芳香。无数个风风雨雨的日子，庄稼人把短暂而漫长的一生，走成土路上一个静物、一个影子、一个风景，这就是生命的全部。

　　土路在承载着乡亲们的悲欢离合向前延伸的同时，庄稼人的流年杯影也在土路上轮番演绎。多年后，这些流年杯影的原貌会留在一些人的记忆里，当岁月泛黄了还执拗地在内心的某一隅柔软地呼吸，关于土路肯定还有某种牵挂让人无法释怀。

一茬茬庄稼消逝的暮秋，有虚幻的云团从麦秸垛上方游弋而过。树枝上多嘴的喜雀喳喳叫了几声，从土路低洼地段闪出来一个三天回门的新媳妇，抱着的蓝印花布的包袱里，包裹着新婚之夜所有的甜蜜，红袄红裤一身红打扮，像一簇袅娜燃烧的火焰。新娘那绣着并蒂莲的千层底轻轻踩在土路上，土路感到了从未有过的温柔。

村庄的春天里会有婴儿纷纷落草，第二天，一个带着盛放喜馍馍和压着书本或花儿的竹筐子的，会骑着自行车从土路上走到邻村的外婆家去报喜。同样，一个飘雪的冬天会有几个老人默默地"走"了，把家从村庄里迁往天堂。

短短的土路把一个老人给慢慢消磨掉了，从谷禾般幼稚的童年走到成熟庄稼般的暮年，土路上不知道留下多少老人匆匆忙忙的脚印。黄昏来临时，老人常常抛下绕膝的子孙，沿着土路悠闲地踱着步，眯着眼睛细细欣赏时光细碎如金的步履。他来到田野，弯下腰身，抚摸一下在梦里茁壮的麦子，嗅嗅陪伴着自己大半辈子的泥土的芬芳。心里满怀喜悦的老人，在田地间看看这棵苗，摸摸那棵禾，爱不释手。走累了，便躺卧在大堤坡上，感觉溜河风夹杂着细浪和庄稼的清香迎面扑来。

三天后，老人被漆黑的棺木盛装着，被一身缟素的孝子贤孙簇拥着抬出村庄。细瘦的土路又默默承担着老人离去的泪水、悲伤。洁白的纸钱像生命的鳞片，从村庄沿着土路细细铺展，打发老人上路。

散发着新鲜泥土气息的坟墓，像卧在土路旁边一株硕大的麦穗。它的周围，万物开始竞相生长。

与一条土路直视时，鲜花在我身边温馨四溢。

离村庄三里远的一块地

前几年，堤北每一家都占有一块巴掌大小的菜地。再狭窄也是一块菜地啊，除去冬春两季，菜地至少有大半年的时间被绿莹莹的蔬菜覆盖着。

紧挨路边的菜地经常发生失窃事件，走路的行人顺手牵羊就把别人家的蔬菜拾到自己篮子里，主人看不见也罢，即便抓住偷菜的贼，能说些什么呢，都乡里乡亲的不说，他又没有上房揭你家的瓦，进厨房砸你家的锅。于是生贼的气，觉得自己有点窝囊，都把气撒在蔬菜头上，把菜薅了，补种上树苗，宽点的地种两溜，窄点的地种一溜。树苗长在肥力充足的菜园里，犹如长在糖蜜罐中的孩子，一年就哗啦啦蹿出好几拃高。周围菜地的主人好像统一口径似的，第二年退耕还林，哗啦啦全种上树木。

菜地里除生长树木外，有的地方划分为宅基。嫌老院子老胡同狭窄，车辆进出不太方便；人丁兴旺的，老院子装不下，都在菜地里新划了宅基。自家菜地少的，就拿别处的地换周边的菜地，补丁般拼凑成一块宅基。于是，原先的菜地里，不再生长菜蔬，而是生长出树木和宅基。

时过境迁，村子也就仅剩下大堤南的三方田地：堤南的是五十五亩；家东的叫刀把；紧靠黄河边的称大地。

五十五亩紧靠着大堤根，是三方田地中离村子最近的地坎，但人均占有量最少。五十五亩地的土壤属于沙土，沙化比较严重，适合种植花生、黄豆、红薯等耐旱农作物，因为地势偏僻，浇灌网络没有覆盖，随着沙化越来越严重，种植的黄豆只有一拃高，不要说每年能增收多少，有时甚至连黄豆种子都赔进去。父母一气之下便改种耐寒的花生。早几年，每逢收秋时我还回去帮父母收过几茬花生，花生长势不错，虽不能拔得头筹，也占上中溜。现在五十五亩基本退田还林了，家家户户种植上一行或两行的速生杨。

刀把在北李村堤南的最东头，土壤以粘连性的淤土为主，仅仅适宜种植一些玉米、黄豆等农作物。倘若执意种植红薯的话，秋收的红薯沟沟溜溜的，吃起来也不爽口，丝丝溜溜的。按北李村的土地面积说，这里的田地属于中溜，比五十五亩大，比紧挨黄河边的大地要小。地形是一长溜，大概有六七百米长。地势高低不平，浇灌起来经常跑水。但这块地旱涝保收，旱时收低洼地段的庄稼，涝时收高岗上的庄稼，不旱不涝时，整块的庄稼全收。每逢秋收后，勤劳的主人都要用手推车平整几天田地，把高处的土搬运到低洼处。现在这块地一直种植着庄稼，由于勤于浇灌，可以称得上北李村的粮仓。

靠黄河边的大地，是最平整、肥力最好的一块地。大地的土壤属于淤土和沙土参半，各种农作物都可以将就着种植。大地不仅宽，而且足有一千米长，是三方田地里最长最宽的地坎。

驴能隔着几个村子谈情说爱，狗能隔着几条巷子传递信息，晨曦前的鸡能把司晨的啼鸣传达到十里八乡的村子，把黄河滩上的村子连成一片。但人在这方面就不占任何优势。人说话的声音相距十多米就听不清，喊话离五百米外声音传过去就明显发虚。家里有急事，需要给家人传达话时，也不用从地尾跑到地头走上千米的路，让地里干活的邻居往南传递过去就行，一个人传给另一个人，接力赛般就把话递给接话的家人。

　　大地地势比较平坦，不用担心浇地时跑水。大地离村子足有三里地远，中间隔着大堤，乡亲们将去大地干活视为畏途。爬大堤用去半身的力气，再走三里地，当走到大地时，再用去半身的力气，这样等走过去人的腿都走乏了，哪有干活的力气呢。

　　为了节省体力和时间，有人就带足中午的干粮和水，从早晨下地能熬到暮色中的黄昏，一天都挣扎在地里了，像一只不停搬腾粮食的搬仓。我是最不喜欢去大地干活的，本来干半天的活就乏，中午那紧要的一顿啃干粮就水，铁打的人也挺不住啊。连自己的生命都不珍惜，一天多干那点活有啥意思啊。

　　各个地块的土壤性质差异很大，只要看一眼滞留在锨刃口上的土，就知道去哪块地干的活。

鸡

　　有终老的人，几乎没有终老的鸡。

　　在家畜中，与体型稍微大点的牛羊相比，鸡（除了下蛋的母鸡或司晨的公鸡外）的生命极其短促，一季、半年，鸡龄一年以上的就少有。每逢家里宴请客人，首当其冲要挨刀的就是鸡。鸡纯粹是一块在人的胃附近行走的肉，需要时直接拿来烹饪即可。只有逢年过节时，才会拿猪羊开刀。只有逢红白喜事或翻盖房子时，才会拿牛说事，卖掉或者宰掉。从此看出，猪羊夹在鸡和牛中间，最倒霉的是鸡，最幸运的应该是牛。

　　一只刚出壳的茸毛鸡经过两三个月，不经意间就长成一只大鸡。除非瘟疫猖獗时，主人才会喂它几粒土霉素，或打两支防疫针，鸡在成长的过程中需求是少之又少。但一只鸡在成长中厄运随行荆棘密布，白天偷食时要提防主人的驱赶和扑打，晚上休息时要提防黄鼠狼和小偷的偷袭。与人相比，鸡活得实属不易。尽管如此，谁又曾听说过患过抑郁症，或者上吊自杀的鸡呢？

　　鸡叫头遍时，把村庄厚厚的梦给驱散了。浸泡在晨露里的村庄，才渐渐泛起微微的曙光。等过了个把小时，鸡才开始叫第二遍，比第一遍更加嘹亮高亢，有声势。可能在打第一遍鸣时偷懒的鸡，第二遍肯定要跟着叫了，任其职尽其责，这个道理似乎连鸡都知晓。叫声稀疏而又遥远，像从南贾或后柴传过来的，从一个村子传递到另一个村子，从远处传染到近处，根据鸡叫声的厚薄依稀能判断出村子的大小。当北李村被周围村里的鸡鸣层层包围时，本村的鸡也不甘落后地跟着叫起来，离得近，声音喧嚣嘹亮，把周围村庄的鸡鸣给狠狠压了下去。此刻，人的耳朵里掏空夜间溜河风的呼啸，现在被高一声低一声的鸡鸣充塞得满腾腾。天好像不是鸡叫亮的，而是像无数把鸡毛掸子般的鸡叫，一起被擎到村子的上空，把夜里堆积的一层尘埃掸掉后，鲜嫩的曙光才倾泻出来。

村村通电后，黑暗的角落也被电灯照亮了，这种光亮混淆了鸡的视觉。公鸡就乱叫一气，打破昔日的司晨规律，有点像报错时间的闹钟。想想看，一只无端消耗粮食，而不下蛋的公鸡，还无端报错时间，混淆了人们对黎明到来的判断，怎么会招人待见呢？

鸡小小的脑袋都被吃喝拉撒的琐事给霸占了，便装不下更多村子里的事，也记不住回家的路。那些没长记性的鸡，常常在自家沿前家后的麦秸垛、粪堆附近觅食。有时被一只调皮的狗追撵一阵子，鸡奋力扑棱着短小的翅膀，咯咯地鸣叫着飞离地面，逃避着狗的恶作剧。狗看着鸡逃远了，悻悻地停止脚步。当鸡停息下来，发现光顾着飞了，把回家的路给忘了。等天黑了，便畏畏缩缩地跟在邻居家的鸡群后面，钻进邻居家的鸡窝里。忍耐着陌生鸡的体味和鸡窝里不熟悉的味道。等到夜幕四合时，即使听到远处女主人焦急的呼唤声，迷路的鸡只有暗生自己的气，体味着有家不能回的痛苦，变得心有余而力不足。可能过不了几天，有另一只狗又把鸡群冲散，把这只迷路多天的鸡送回了家。女主人看见失散多天的鸡又回来了，像个迷途知返的孩子，赶紧撒给这只鸡一把小米，像是奖赏，也好像对它这几天在外面受到煎熬的犒赏。

鸡是无辜的，尽管说不了话，但这并不妨碍人讥笑它小肚鸡肠。

赶　车

　　与收割麦子相比，拉车并不是一件易事。尽管排子车上的麦个子载装得不是很满，大概有多半车。但车子走在松软的土路上，好像后面有百十个水鬼拽着车帮和你暗暗较劲向后拖。我在前面驾辕子，张三和王五在后面赶车。我们沿着土路埋头前行，都不大言语，好像多说一句话，就把赶车的力气给白白浪费掉了。谁也不说话，他俩不搭理我，我也懒得搭理他俩。车轮把醭土翻卷起来，被若有若无的溜河风抛到远处。

　　我在前面拉车，他们在后面推车，别小看这多半车的麦子，那是我们一家九口男女老少一年的口粮啊。要熬过整整一年，新麦才会在来年按时成熟。当年的麦子因为浇灌得不及时，长势不好。割麦时可苦了年迈的爷爷，需要把僵硬的老腰弯得很低，手中的镰刀才能够到低矮的麦子棵。作为一个农民，把麦子种成这样，脸面上似乎也没有什么过意不去的，因为大家田地里的麦子长势都很差，缺乏五十步笑百步的条件。

　　我们无声地拉着车，谁也不说话，唯有路两边传来的麦田里收割麦子的沙沙声。

　　我在前面拉车，他们在后面推车，我拉不拉他们一目了然，但他们推不推车，我却蒙在鼓里。我只有靠轮的轻重来判断他们是不是在后面下力气推。排子车一重，我就知道他们中间至少有一个人在偷奸耍滑，或者脚步没跟上趟。排子车一轻，我就知道那个偷奸耍滑的家伙良心发现后又暗暗用劲推车了。

除此之外，我还能清晰地分辨出是张三和王五一起推，还是其中一人只是象征性地扶着车帮，或者有一个更懒的家伙干脆把自己的身子倚靠在车帮上，让排子车拖着行走。

其实乡村和都市都不乏偷奸耍滑的家伙，乡村里的家伙是在力气上偷奸耍滑，都市里的家伙是在算计朋友的利益上斤斤计较。各不相同，但殊途同归。

我不用回头看，只用两手凭靠车把的起伏来把持着排子车的平衡。

平直的土路上他们可以少用点力气，但当排子车开始爬大堤坡时，他们就要卖力推车了。堤坡陡立，有近四十度的坡度，平时一个劳力拉一辆空排子车爬坡都累得咻咻喘息，大汗淋漓，何况今天还拉着多半车的麦子。他们中间倘若有一人在偷奸耍滑，车子肯定很明显地打愣怔立正不动。爬坡时，我使出来吃奶的力气，浑身肌肉绷紧，双脚死扣着堤坡，身体紧张得像一张饱满的硬弓。死拉硬赶了一袋烟的工夫，排子车终于爬到大堤顶上。他俩只要不怕我的腰身绷断的话，可以不使劲。

与爬堤相较，下堤就有意思多了，排子车猛地向下俯冲，再猛地因惯性急速行驶，我可以双脚离地，在空中做片刻的飞翔姿势，就好像是童年极喜欢玩的那种很有意思、很刺激的游戏。每当拉着排子车爬堤时，我就盼望着赶快下堤，可以在车把上很惬意地荡一会儿秋千，像稚鸟做一次短暂的飞行。

但这种游戏并没持续多久，伴随着排子车下了堤坡也就适可而止地结束了。接下来又要走一段通向场院的土路。张三和王五还是在排子车后面不紧不慢地跟着。至于他们在车后面推没推已不大重要了，只要他们不走到车前面去就行。我们三人，依然不说话。

等排子车晃悠到场院里时，他们两人已不见了踪影，不知道他们在什么时候消失的。等父亲来晾晒我卸下的麦个子时，发现少了一个，也没说啥。反正已经少了，再说也找不回那捆丢失的麦个子了。我怀疑是排子车飞快下堤时，在排子车上呆腻的麦个子滚到堤下坡去了，仅此而已，我没想到别的。

一头幸福的猪

在村庄里做一头猪，是一件幸福无比的事情。它的府邸让我嫉妒得要死，最起码是复式的，上层是起居和饮食的场所，下层的泥塘是玩耍的乐园。猪交好运的话，还能碰到一口美食——一截断黄瓜、一个烂苹果、一只落入猪圈里的青蛙，在猪眼里都是稀罕物。

我在村庄里居住了多年，都是在平房里栖身，平进平出，没有承上启下的落差感。看见吃饱喝足的猪沿着楼梯跑到楼下去玩耍，或者饥肠辘辘的猪闻见猪淋里倒入食物的熟香，从楼下的泥塘里沿着楼梯噔噔噔跑到楼上。看见猪那种逍遥自在的架势，我就气不打一处来。凭什么猪都住进复式的府邸，而我还在平房里栖身。当我每天在平房里出入来去时，猪趴在圈里看我，不知道有没有同情我的意思。

在饭食上，猪不仅比其他家畜高一个级别，还是整天挑肥拣瘦最难缠的一个，仿佛是个没落的贵族。羊吃一把青草，鸡吃一把干瘪的麦子，牛马在淘洗过的饲料里搅拌点粮食。猪一天三顿饭，都是饭来张口，过着纨绔子弟的公子哥生活。虽谈不上锦衣玉食，但猪的饭食不仅要蔬菜里掺杂着面食，而且需要蒸到半熟，最后在饭食上撒几把麦麸，才能哄着猪下嘴试探性地猛吃一阵。倘若麦麸撒得少了，猪都不屑去进食。哼哼着，不下嘴，用绝食来抗议主人的偷工减料。

夜里，猪是最安然的，困了就睡一觉，不困就支棱起耳朵倾听自然界的动静，风拍打院门的声响，猫叫春的哭腔，老鼠打架的叫嚣，还有偶尔贼出来活动悄没声息的动静，这一切都休想逃脱猪的耳朵。因为村庄不时有贼光顾，狗是别想睡个安生觉。弄不好尽不到自己的责任，不仅主人的财产没看护好，碰上药狗的贼，狗连自己的生命都要搭上。牛要忙着反刍，把吞咽进肚里的食料再细细咀嚼一番，一夜不得识闲，觉肯定睡不好。鸡要把握好司晨的时间，按时打鸣给主人报时，一个晚上鸡叫五次。最后，天蒙蒙亮时的那次啼叫后，微曦前的天渐渐亮堂了。只有安眠在猪圈里的猪，偷听着主人从窗棂里泄露出来的悄悄话和床上活色生香的莺歌燕语，家里发生的细枝末节的事都不可能瞒住猪的耳朵。

白天，鸡出去屋前家后独自觅食了，牛被套上重轭去田间拉犁耕地了，马被套上车子拉运重物了，羊的缰绳被套在橛子上，只能周而复始地在圆圈圈里吃草。这时，只有猪是最悠闲自在的，一边晒太阳，一边露出傻傻的笑容，与世无争，好像是超然世外的高人。倘若是两头猪的话，可以边晒太阳边哼哼唧唧，你敢保证它们不是在议论晚上从窗棂里偷听到的男女主人的风情？等把心里的疑点议论透彻后，它们便开始用嘴拱墙头。似乎猪生来就和墙头有弥天大仇，不把墙头拱倒誓不罢休。

对于黄河滩，其实你没有一只平时不言不语的麻雀看得周全，也不会比一头昂唧昂唧叫的驴子更熟悉通往村庄的路。人和六畜在一个村庄里共同生活了好多年，竟然不能用语言进行交流，不管解释得再合缝合榫，想来都是件憾事。等秋后挂锄的空闲时刻，牛马把田地里的农事拾掇完毕，人和六畜之间的是非曲直，真该坐下来敞开天窗说亮话了。有些事，猪不一定比人看得短浅，只是猪不说罢了。

作为人比猪聪明不了多少，作为猪比人糊涂不了多少。人有人的苦衷，猪有猪的幸福。

做一头村庄里的猪是无比幸福的，除了吃喝睡觉外，要不就是每天晒晒太阳。日子过得风生水起天晴日丽，不必为每天的一日三餐忙忙碌碌，也不用担心被人算计。猪父亲不用为猪儿子的前程堪忧，猪儿子不用为赡养猪父亲而焦虑。

收割后的麦田

麦子收割后，光秃秃的麦田里便留下齐整整的麦茬，像给麦田剃了个板寸发型。一些纠缠在麦秆上的攀缘植物的根茎，也一同被割断，干净的麦田上空除飘荡着麦秸秆甘甜的气息外，还夹杂着植物汁液的馨香。被浓密的麦子遮挡住的黄嫩嫩的植物，也闪了出来，摆出一副病快快的姿态。一种名叫屙了的鸟在麦田上空盘旋着，屙了、屙了地叫着，叫声偶尔被过往的溜河风刮歪。在热火朝天的收麦季节，它们担心筑在麦根下的巢被发现，巢穴内的稚鸟或麻乎乎的蛋卵被人掏走。

站在五月的门槛，离麦口很近的日子，大堤南五十五亩的麦子说黄也就黄了。仿佛一夜之间，麦子便从根黄到梢。某天的傍晚时分，麦鸟如水的啼叫洒在安静的院落里，黄河滩的乡亲便开始着手拾掇收麦时需用的农具。去年割劈的镰刀也要重新修整一下，省得拿到地里派不上用场，耽误工夫和影响心情。捆麦个子的葽子也要准备充足，省得最后用着用着就断了秧，还要用麦田里的细芦苇充当葽子。去年的葽子饱受一年的风吹雨淋，差不多快沤掉了，去了筋道。排子车肯定要角角落落地检查一番，省得拉着满满一车麦个子在爬堤坡时抛锚，就糟糕透顶了。

把麦收时用的农具都准备妥当后，真到搭镰收割麦子时，压根没有想象中的艰难和费时，用不几天就收割完了。当着手干某一件大事时，离成功只有一步之遥。像蚕吞噬桑叶时，吃下一个边，再吃另一个边，肯定越吃越少。收割麦子是同样的道理，一小块一小块地收割，麦子肯定越割越少，不可能越割越多。当把收割完的麦子，用葽子捆扎完毕，再拉到场院里晾晒一番，就剩下光秃秃的麦田。

几天前的麦田里还站立着黄澄澄的麦子，一垄一垄的长势喜人，黄河滩人几天工夫就让麦子发生了整体位移，像魔术师暗暗做了一个小动作，就把麦子收割干净了。现在剩下的是一片空旷，空旷的不仅是麦田，还有站在麦田边看风景的人。此刻，麦田像刚刚分娩的孕妇，卸去一身累赘，疲惫的脸上洋溢着初为人母的幸福和生产中刚刚散去的倦意。然而，在空旷旷的麦田里，还要回光返照般热闹几天。白天是捡遗穗的农妇和在麦田里起起落落叼食蚂蚱的喜鹊的身影，晚上是搬仓鼠一统天下，它们把白天农妇捡遗穗的工作，又很细心地查漏补缺温习一遍。

等偌大的黄河滩里的麦子收割完毕，再过上几天，耐心等搬仓鼠和农妇捡遗穗的工作告一段落后，麦田才算真正安静下来。空荡荡的，偶尔有溜河风自由地穿越。同样是割麦子的人，但留下的麦茬高度不一而足。收割庄稼的好手收割后的麦子留下的麦茬整整齐齐、精神抖擞地支棱着，洁白的茬口几乎在同一条水平线上，像专门拿尺子测量过似的。是不是一把劳动的好手，不是靠嘴说出来的，老手、生手、熟的、嫩的、在劳动后的田地里一目了然。

倘若第一次摸镰刀的少年，没长力，也没长性，刚刚割几镰时，动作迅速，收割的麦子哗啦啦倒下一大片，远远地窜到麦垄前面，为周围的人领趟子。但不久，等力气用完了，就被随后的人远远地抛在后面。随即心里残存的一点自信也被一眼望不到边际的麦垄一触而溃。他坐在田埂上歇息了一会儿，看看手掌上新磨出的几个血泡，负气般把镰刀狠狠砍向田埂中央的一个小桑树墩上。等歇息得差不多，力气又恢复点，才起身重新挥舞着镰刀像和麦子拼命，又狠狠地割了几把麦子，镰刀从麦子的根部开始划拉，到后面麦子的半腰收镰而止，留下的麦茬的形状像一座平缓的山坡。他用倦怠的眼神环顾四周时，眼看天都快黑透了，周围收割麦子的人都收拾妥当农具下班了。他感觉再收割下去，自己就吃大亏了，再说，收割麦子也不是一天两天能干完的。今天到此为止吧，于是双手抱着镰挥动着把一拃宽的麦子放倒后，才扬长而去。留下收割后的麦茬，高高低低，狼牙般参差不齐，像猪拱过一样。

从留下的长短不一的麦茬可以看出，开始收割麦子时镰刀比较锋利，麦茬被镰刀划过时留下的茬口角度一致，切面也比较光滑。当使用了大半天后，割麦人的力气也挥洒完毕，加上镰刀越磨越钝，收割后的麦茬，留下的切面就比较粗糙，周边毛茸茸的，像磨钝的切刀切下的书边。当最后收镰时，往往因为镰刀不锋利，加上收割麦子人的力气如强弩之末，后面的几株麦子往往被连根拔起。

好久没收麦子了，每当麦子成熟的时候，我的手就不由自主地攥成握镰刀的姿势。

一棵炊烟树

狗猫一年发一次情，太阳一天升起一次，炊烟一天升起三次，村庄里常见东西的细微变化都是有迹可循的。

村庄里的每一缕炊烟，都是一棵长在屋顶上的树。躺在村庄任何一个角落，都能听到溜河风掠过炊烟枝叶的响声，仿佛时间的风轻轻划过我生命的长空呼啸而过的声音。也是晨昏交替的声音，味道挑拨味蕾的声音，呼唤亲情的声音，颜色嬗变的声音。

村庄的炊烟每天按时升起，在屋顶的上空温柔地蠕动着。无风的时候，从烟囱里刚冒出来的炊烟，直溜溜的，像树的身子；从两米高的地方，炊烟开始扩散，就是树木葳蕤的树冠了；树冠以上，炊烟失去了热气的烘托，在屋顶上空散去，散去的炊烟，就是树叶。

在天刚蒙蒙亮的早晨，勤劳人家的屋顶上总是率先升起村庄的第一缕炊烟。仿佛受到感召，不一会儿，周围邻居的院落里便传来拉动风箱的吧嗒吧嗒声，紧接着屋顶上也纷纷升起了炊烟。炊烟受柴质的影响，所呈现出来的姿态略有差异。绵软的柴禾如麦秸、树叶、干草等，冒出来的炊烟纤薄如纸，纯白如棉；坚实的柴禾如豆秸、木柴、棉花柴等，冒出来的炊烟粗壮如柱，像一条烟龙扶摇直上。屏息凝神细闻一下，炊烟的味道也千差万别。燃烧稻草冒出来的炊烟是甜丝丝的气味；燃烧辣椒棵冒出来的炊烟是呛人鼻息的味道。当燃烧潮湿的柴禾时，冒出来的炊烟只在灶间打转转，根本从烟囱里冒不出来。

当然了，炊烟的高矮胖瘦，与溜河风无不关系。村庄没有风动时，炊烟是直戳戳上升的，等上升到一定高度，炊烟的梢部便淡淡散去；当有溜河风肆虐时，炊烟刚从烟囱里冒出来，上升不多高就被风刮歪了，那副狼狈猥琐的样子，很像一个失手被擒游街示众的贼。我家和四哥家的灶房离得比较近，背对着背，像两口子闹别扭后睡觉时的架势。我家东屋屋顶上升的炊烟，有可能和四哥家西屋屋顶上升的炊烟在空中纠缠在一起，像一对久别重逢的朋友在闲扯，扯着扯着就扯到一块，相互扶携着直上九天云外。

农闲时节，炊烟踩着钟点一天升起三次，黄河滩人的日子是悠闲的。但一到焦麦炸豆的农忙时节，农活似乎比吃饭要紧了。炊烟早晨升起得早，晚上升起得很晚，有时为了忙着赶农活，下地时带着馒头和大葱，午饭直接在地里解决，省去了路上来回奔波的时间。中午时分，炊烟浓重地吐出几喉咙便停息了，那是要热一下早晨剩下的饭菜，扒拉几口饭还要急吼吼地去地里收割庄稼。

当我外出几天，再返回村庄时，离老远就看到屋顶上方的炊烟树袅娜地升起，一种亲切的温馨感便油然而生，总是不自觉加快了步伐。耸立在屋顶上的那棵炊烟树好像母亲挥舞的手臂，对我是一种无声而慈祥的召唤。此刻，我估计母亲坐在锅灶前，正大把大把地往灶膛里填塞柴禾，燃烧的柴禾弥漫着植物的清香，通红的火苗映红母亲的脸庞。当傍晚的炊烟树站立起来时，那仿佛是收工的信号，牧归的羊群踩着碎金般的残阳走在回家的路上，老黄牛也不忙不慌地迈着官步紧随其后。薄暮时分，只见家家户户的屋顶上炊烟袅袅，一棵棵炊烟树在屋顶上摇摆不定，与房屋附近真正的树木相映成趣。

母亲哟，倘若炊烟是一棵树，那么您就是炊烟树的根基了。儿女的幸福在前，您的幸福在后，手掌里滋生的茧花拓印着一生的锄光镰影。时至今日，我依然偿还不上母亲对我的奉献和付出，在远离黄河滩千里之外的地方，我且把黄河滩的那棵炊烟树怀揣至今，沿着自己生命的高度袅袅升起。

歪歪树

　　歪歪树就像疾病缠身的人，胜任不了重担。当村庄里很多成材的直溜树被砍伐后，一些因祸得福的歪歪树便躲过了斧光之灾，滞留了下来。

　　村后菜园南头临水的地方，驻扎着一棵两搂粗的柳树。这棵柳树不仅树冠高达二三十米，而且根系发达，裸露在外面粗细不一的树根像纠缠在一起的蟒蛇。扎在水里的根须滋生出红褐色的胡须，随水面不断沉浮漂摇，像吸附在根系上的蚂蟥。我每次浇园时，都把脚放在树根上，单手用一只铁水桶在池塘里灌满水，然后双手提溜上去倒在通往菜园的水渠里。池塘的水位低时就一左一右两人接力完成；水位高时，就由一人独立完成。这种浇园方式效率很低，四分的菜园，都要浇上大半天。由于柳树根系发达，层次分明，浇园的人可以根据自己身材高低胳膊长短选择所要踩的树根，比专门水泥砌的整齐划一的台阶要科学得多。由于全村人几乎家家都种植着大小不一的菜园，每逢干旱时节，都要排号浇园，一家浇完，另一家才能浇。脚丫子与树根不断发生摩擦，踩的次数多的树根外皮都被蹭没了，露出光滑的木质，稍有不慎，脚下一滑，就有失足落水的危险。

　　一天，我怀着感激之情对母亲说，倘若没有这棵柳树，不知道怎样来浇园呢?

对我的问题,母亲不屑一顾,她说,没有它,园也照样可以浇,离了老耿(响器班子的带头人)的响器,难道就埋不了死人了?

母亲觉得柳树既然长在那里,被我们反复踩着浇园,是物尽其用,不值得大惊小怪的。在我眼里,那棵柳树意义非凡,起码给浇园的人提供了许多便利条件。当然话又说回来,假如没有这棵柳树,菜园该浇还是能浇的,但要费一番周折。

等菜园渐渐被速生杨侵占后,再也不用浇园了,那棵被腾出来的柳树,不知在哪一天,被主人卖掉了。柳树原来站立的地方,被挖成一个大坑,坑的四壁布满粗细不一被砍断的树根。来年春天,树根的顶端滋生出密密麻麻的嫩芽,但这些嫩芽没多少日子的活头,被来往的羊啃得光秃秃的。树根见劳而无功,便掐灭了那个再度萌芽的心思。

除了菜园南头的这棵粗柳树外,还有一棵细柳树也很有意思。这棵柳树是小亮家的地边树,紧挨着堤根梁集的池塘。树本来是直立生长的,由于池塘的水不断浸泡地边,把柳树扎根的土地给泡松软了,在一个溜河风肆虐的夜里,这棵扎根不牢的柳树被风给刮歪了。紧接着刮了几场反风向的大风,到底也没把这棵倾斜的柳树给刮直。看来,溜河风和年轻人一样,偶尔做点错事也在所难免。柳树见站立不起来了,便随遇而安,整个树身子向南倾斜,和地面构成三十度角,像一个胳膊肘子拄地身子斜躺在地上的男人,柳枝大刺刺地几乎垂在地面上。就是这棵倾斜的柳树给我的童年带来无限的快乐。

我经常和伙伴们跑到这棵柳树下玩,它几乎成了我们的乐园,尽管这棵柳树属于小亮家。我们先沿着树身往上走,胳膊伸展开来保持着身体的平衡,单脚一点一点地往上移动,当走过两米多,伸手就能抓住树杈。柳树被风刮歪后,树杈便开始改变原来的长势，笔直地往上生长。等爬树爬累了，我们就脱光衣服洗澡，从树上一个一个跳下水，有的伙伴怕被水呛住鼻子，捏着鼻子闭上眼睛往下跳，有的伙伴还在空中做点花样跳水的动作。等洗完澡，重新爬到那棵歪歪柳树上，一人选择一个树枝躺下，晾晒着湿漉漉的身体。

我每次路过这棵歪歪柳树时，便屁颠屁颠地跑过来玩一阵子。爬上树身，抱住树冠上的树杈四下瞭望。尽管只从平地升上两米高，但对我来说，那是一个崭新的可以俯视村庄的高度。看见从柳树旁的土路上走过的大人头顶，黑黢黢的像顶着一个鸟巢，肩膀一晃一晃地由近走远。远处憨小家的麦秸垛上，搭着一块灰遢遢的白塑料布，塑料布怕刮风时掀走，上面压着几块半头砖。几只母鸡站在麦秸垛上觅食，先用前爪抓挠几下，再抻长脖子叨几下，看来是小有收获。

几十年过去了，这棵歪歪柳树还健在，至今想来真是一个不动声色的奇迹。它依然保持着几十年前的姿态，倾斜在地上，紧挨着梁集快干涸的池塘。看到这棵歪歪柳树，我感觉腰酸胳膊疼，都替它累得慌，倾斜在那里一躺就是几十年，连个姿势都没法倒换。不要说让我斜着身子躺在那里歪半天，就是屁股放在椅子上一动不动地坐半天，也浑身不舒服。

此外，村里还有一棵有趣的树，就是生产队分给奶奶家的桑树，站在村西边的野地里。树冠离地面大约两米高，树身粗壮，由两个伙伴圈起手臂差不多能搂抱过来。矮墩墩的桑树矗立在野地里，像支撑开一把伞。在玩具匮乏的童年时代，也引申出许多有趣的玩法。由于桑树的树枝像无数手臂平伸着指向四方，加上桑树枝的韧性比较大，不轻易折断，大点的孩子就敢爬上桑树，在网状密织的树杈间玩捉迷藏的游戏。先用猜剪子包袱锤决定胜负，由负的一个伙伴来捉拿胜者。败的伙伴先被手帕捂紧两眼，等胜者在远近高低的桑树枝杈上藏匿好了，被捂紧眼睛的伙伴，开始双手摸索着身边的枝杈，然后抬脚伸手，小心翼翼地开始捉拿胜者。捉拿时必须小心谨慎，稍有差错，就有掉下桑树的危险。

在树上玩捉迷藏的游戏冒险性很大，都是一些年龄比我大几岁的孩子在桑树上玩耍。我胆小，一次都没玩过，甚至连桑树都没爬上去过。他们在桑树上玩游戏时，我便坐在旁边的土堆上，仰看他们在桑树上猴子般跳来跳去，躲躲闪闪，很刺激，也很有意思。

后来，这棵桑树被奶奶卖掉了，由于树质太硬，砍伐过程中，硌断了两条钢锯。闻听此事后，我不由得一阵窃喜。桑树砍伐以后，原先桑树站立的地方腾出来很大一个空间，好像拥挤的天空一下子变得空荡荡的。每次经过时，我都停息片刻，望着那棵桑树站立的位置，心里空荡荡的怅然所失。

我熟悉的歪歪树像村里的老人，一棵一棵正在减少。